침략당한 우크라이나의 작가
크리스티나 코즈로브스카의 동화와 단편소설2

마술사

\<A magician, Magiisto\>

크리스티나 코즈로브스카(Ĥristina Kozlovska) 저
페트로 팔리보다(Petro Palivoda) 영어 역
오태영 에스페란토 역, 장정렬 옮김

마술사(영어, 에스페란토 포함)

인 쇄 : 2022년 7월 20일 초판 1쇄
발 행 : 2022년 7월 27일 초판 1쇄
지은이 : 크리스티나 코즈로브스카(Ĥristina Kozlovska)
영어 역 : 페트로 팔리보다(Petro Palivoda),
에스페란토 역 : 오태영(Mateno)
옮긴이 : 장정렬(Ombro)
표지디자인 : 노혜지
펴낸이 : 오태영(Mateno)
출판사 : 진달래
신고 번호 : 제25100-2020-000085호
신고 일자 : 2020.10.29
주 소 : 서울시 구로구 부일로 985, 101호
전 화 : 02-2688-1561
팩 스 : 0504-200-1561
이메일 : 5morning@naver.com
인쇄소 : TECH D & P(마포구)

값 : 13,000원
ISBN : 979-11-91643-60-2(03890)

침략당한 우크라이나의 작가
크리스티나 코즈로브스카의 동화와 단편소설2

마술사

<A magician, Magiisto>

크리스티나 코즈로브스카(Ĥristina Kozlovska) 저
페트로 팔리보다(Petro Palivoda) 영어 역
오태영 에스페란토 역, 장정렬 옮김

진달래 출판사

이 책을 구매하신 모든 분께 감사드립니다.

출판을 계속하는 힘은 독자가 있기 때문입니다.
세계평화를 염원하는 우리의 작은 실천은
에스페란토를 사용하는 것입니다.
특별히 『마술사』 이 책은 1부에 영어와 에스페란토 번역을 넣어 3개의 언어로 구성해 학습에 도움을 주고자 만들었습니다.
2부에는 우크라이나 현지 소식을 통해 전쟁의 참상과 평화를 향한 우리의 염원을 담았습니다.
여류작가가 쓴 우크라이나어 동화와 소설을 영어로 번역해 주신 페트로 팔리보다(Petro Palivoda) 번역가와 우리말로 옮겨주신 장정렬 선생님께도 감사드립니다.
(오태영 *Mateno* 진달래 출판사 대표)

차 례

작가 소개

작가 크리스티나 코즈로브스카(Ĥristina KOZLOVSKA, Христина Козловська)는 1989년 우크라이나 이바노프란키우스크주 콜로메아구 벨리카 캄얀카에서 태어났습니다. 작가, 시인이자 언론인입니다.

작가는 고향인 벨리카 캄얀카에서 고등학교를 마친 뒤, 이바노프란키우스크에 있는 바실 스테파니크 국립대학교 영문학을 전공했습니다.

2008년부터 작가는 그 도시의 할리나 페트로사냐크(Halina Petrosanjak)가 이끄는 "노벨" 문학 스튜디오 회원이 되었습니다.

"우크라이나 작가에게 노벨문학상을!"이라는 캠페인을 벌이는 '노벨'-회원 작가 집단에 참여했습니다.

작가 작품은 우크라이나의 여러 정기간행물과 북아메리카 우크라이나인 기관지 "Ukrainske Slovo" (미국 시카고)에도 실렸습니다.

또 작가의 작품은 『황금보다 더 소중한 것』(문학 에이전시 "Discirsus", Brusturiv, 2015), 『도마뱀과 그 꼬리』(문학 에이전시 "Discirsus", Brusturiv, 2018)에 실렸습니다. 『아이를 기다리는 특별한 아홉 달』(문학 에이전시 "Discirsus", Brusturiv, 2018)과 『봄을 만지다』(Kolomeo, 2008)의 공동 저자이기도 합니다.

작가의 단편 작품들은 번역가 페트로 팔리보다(Petro Palivoda)에 의해 에스페란토와 영어로 번역되어, 우크라이나, 중국, 캐나다, 미국, 터키, 폴란드, 크로아티아, 한국(<테라니도>), 헝가리에서도 소개되었고, 특히 체코에서는 시각 장애인 언어로 발표되었습니다.

작가의 작품은 또한 독일어로 번역되어 "Skljanka ĉasu - Zeitglas" 와 "Aus 20 Jahren Zeitglas"에 실리기도 했다.

◆수상경력◆

-2008년 시 "가을의 시각에서" 부문 콩쿠르 우승(우크라이나, Ivano-Frankivsk)
-2014년 <Smoloskip> 출판사 문학상 수상
-2015년 <황금의 사슬> 작품 공모에 참여해 국제(우크라이나-독일) 문학상 "Oles Honĉar" 수상. 이 행사 당선작들은 2015년 『황금보다 더 소중한 것』이라는 소설집에 실렸다.

작가의 말

한국독자 여러분 안녕하세요!

제 작품들을 여러분 국어로 다시 만나는 기회가 되어 감사합니다. 세상은 아주 넓지만, 문학예술 덕분에 모든 경계, 모든 거리감, 모든 오해는 모두 씻겨 나가고, 우리는 서로 가까워집니다.

문학예술 언어는 사랑의 언어입니다.
저는 제 사랑을 여러분의 세상에, 여러분의 삶에 함께 나눌 수 있어 기쁩니다. 여러분이 들고 있는 이 책은 특히 중요합니다. 왜냐하면 이 책은 우크라이나가 전쟁이라는 이렇게 어려운 상황에 있는 이때, 우리 우크라이나를 지원하는 말이 대한민국에서 들려와, 그 소식은 아주 감동을 불러일으켰습니다.
이는, 비교할 수 없을 만큼, 선의를 믿고, 선의가 결국 승리한다고 믿는 사람들이 더 많음을 입증하고 있습니다.

독자 여러분이 보내 주시는 빛에 감사드리고, 저 역시 제 이야기 속 한 줄의 글을 통해 우크라이나의 빛을 보내드립니다.

우크라이나 작가
크리스티나 코즈로브스카(Ĥristina Kozlovska) 올림.

Salutvortoj de la aŭtorino

Karaj koreaj legantoj! Dankon denove pro la ŝanco rakonti miajn verkojn en via gepatra lingvo. La mondo estas tre granda, sed dank' al arto forviŝiĝas ĉiuj limoj, ĉiuj distancoj, ĉiuj miskomprenoj kaj ni proksimiĝas unu al la alia. La lingvo de arto estas la lingvo de amo kaj mi ĝojas, ke mi povas dividi kun vi mian amon al la mondo, al la vivo.

Ĉi tiu libro estas precipe grava, ĉar oni eldonis ĝin en tiel malfacila tempo por Ukrainio, dum la milito, sed subtenaj vortoj aŭdiĝas el Koreio, kaj tio tre inspiras. Kaj tio denove pruvas, ke estas nekompareble pli da homoj, kiuj kredas je bono, do bono venkos. Dankon pro via lumo, kaj mi sendas ankaŭ ukrainan lumon inter la liniojn de miaj rakontoj.

Ĥristina Kozlovska,
ukraina verkistino

1. 옛 새로운 행복

"새해 행복을 누리세요, 새로운 행복을요!"
친절하게도 사람들이 한 남자에게 그렇게 축원해 주었다.
"고맙습니다. 여러분도 새로운 행복을 기원합니다."
그 남자는 웃으며 그들과 악수했다.
"새해 행복을 많이 받으세요. 새로운 행복을 빕니다."
그 남자는 주변에서 새해를 맞아 즐겁게 생활하는 사람들이 나누는 기쁨이 가득한 기원들을 들었다. '새해엔 어떻게 나의 새 행복을 바라지?' 남자는 그런 생각을 하며 귀갓길로 향하고 있었다. '내가 오늘 사람들에게서 들은 기원이 실현되기만 한다면.'
자신의 집에 도착한 그 남자는 자신의 집 대문을 열려는 순간, 자신의 집에 새로운 행복이 들어 와 있음을 보게 되었다.
지금 이 순간은 너무 아름답고 밝아, 처음에 그 남자는 자신의 눈을 믿지 않았다. 그저 대문에 선 채 그는 그 행복을 바라보았다. 이것은 예상치 못한 일이었지만 동시에 지금까지 너무나 염원해 온 일이기도 했다. 남자는 자신의 새 행복을 한참 지켜보며, 이게 자신이 평생 기다려온 일이구나 하고 느꼈다. 남자는 그 새 행복이 아주 작고 정교해, 직접 최고 명장이 만든 보석 같았다. 동시에 그 행복은 너무 커, 온 집안에 가득 찬 것처럼 보였다. 자신의 집이 너무 작아 보일 정도였다. 그 행복은 그 남자를 둘러싼 모든 것을 채우고 온 세상도 채울 수 있을 것만 같았다. 남자는 자신의 숨을 참은 채, 그 행복이 우연히 놀랄까 봐서 심지어 한 걸음조차 움직이는 것이 두려웠다. 그는 이 순간이 영원히 이어졌으면 하고 기원했다. 그는 자신의 주위가 지금 행복으로 에워싸여 있다고 여겼다. '하나님은 얼마나 나를 사랑하시는지.' 그 남자는 생각했다. 그분께서 그것을 알도록 나를 택하셨구나 하고 생각했다.

남자는 저녁이 될 때까지 그렇게 자신의 집 대문에 꼼짝없이 서 있었다. 그는 이 순간을 영원히 마음껏 즐기려고 오랫동안 서 있고 싶었다.

하지만 이미 날은 어두워지고, 사람들은 잠자리에 들었고, 솔직히 말해, 그 남자도 피곤해졌다.

남자는 그 행복에서 눈을 떼지 못한 채 천천히 자신의 침대로 갔다. 그러고는, 침대에서 자신의 몸을 눕히자마자 곧장 잠이 들었다.

그렇게 자던 그 남자가 새벽에 그 행복이 사라지는 꿈을 꾸는 바람에 깜짝 놀라 깼다. 남자가 침대에서 벌떡 일어나 보니, 다행히도, 그 행복은 여전히 같은 장소에서 아름답게 빛나고 있다. 남자는 오랫동안 그 행복을 보면서 감탄하며, 새벽부터 아침 출근 시각까지 그 행복만 바라보고 있었다.

남자는 망설였고 무엇을 어찌해야 할지 몰랐다. 출근할 걱정, 저 행복도 혼자 내버려 두면 안 되겠다는 걱정, 그 2가지 걱정이 들었다. 누군가 그 행복을 훔쳐 가 버리지나 않을까, 또, 그 행복이 다른 곳으로 갈까 하는 걱정마저 들었다.

하지만 남자는 평소처럼 잠자리에서 일어나, 자신의 생계를 위해 일하러 가야 했다. 그는 자기가 맡은 일을 마치자마자 곧장 앞다투듯이 황급히 집에 달려와, 오랫동안 그 행복을 바라보면서 하나님께 감사했다. 하지만, 첫날처럼 황홀하게 보지는 않았다. 다만 숨을 규칙적으로 조용히 쉬고는 다른 날보다 조금 일찍 잠자리에 들고 이젠 두려움 없이 깨어날 수 있었다. 행복이 그의 옆에 그대로 있음을 알았기 때문이다.

그래서 하루하루가 보내면서 행복한 남자는 그 행복과 함께 겨울과 봄을 보냈다.

남자는 자신이 가진 그 위대한 행복에 이젠 익숙해, 그 행복을 이젠 하루에 한 번 확인하지 않고 집 주위를 쏘다녔고, 때로는 그 행복에 자신의 두 눈을 맞춰 기뻐하는 것도 잊기도 하였다. 이제 그 행복을 방해받지 않게 하려고 집안 한가운데가 아닌, 한구석으로 옮겨 놓았다.

그리고 여름이 되었다.

산더미 같은 많은 일이 그 남자의 어깨에 쌓였고 그 남자는 늦게 잠자리에 들었다. 하지만 남자는 일찍 일어났지만, 자신이 가진 그 행복에 더는 감탄도 하지 않고 다시 기뻐하지도 않고, 자신에게 닥친 많은 일만 몰두하게 되었다.

그리고 가을이 왔다.

비 오고 안개 끼는 날이 이어지고 날씨가 이제 추워지자, 남자는 자신의 행복에 대해 완전히 잊고, 자신이 이전에 그 행복을 지니고 있었다는 것조차 잊어버렸다.

그는 침울하고 졸린 걸음으로 걸었다. 짙은 구름이 드리워진 하늘이 그를 짓누르고, 맹위를 떨치는 냉기가 또한 그를 우울하게 만들었다.

그리고 겨울이 왔다.

남자는 완전히 마음이 식어버렸다. '왜 나는 이렇게 운이 없지?' 그는 자신의 운명에 한탄했다. '내 행복은 어디로 사라졌지?'

한 해가 이제 끝날 무렵이 되고, 남자는 새해가 되면 만사가 바뀌고, 새해엔 자신을 위한 행복이 기다리고 있겠구나 하고 마냥 기다리며, 그저 희망하기만 했다.

"새해 행복을 누리세요! 새로운 행복을요."

친절한 사람들은 그 남자에게 미소를 지었다.

"대단히 감사합니다. 다가올 새해에는 새 행복을 누리고 싶습니다."

남자는 그렇게 대답했다.

그런데 그때 그는 자신이 이미 어딘가에서 그런 말을 들은 것 같고, 바로 그때 그는 올해에 이미 일어났던 모든 것을 기억하고는, 자신의 옛 행복을 회상했다.

"그럼, 내가 그 옛 행복과 뭘 어찌하면 될까요?" 그 남자가 그들을 향해 소리쳤다.

"그런데 행복을 가져다주는 그 옛 행복을, 여보세요, 어디서 보았나요?"

사람들은 서로서로 웃는 얼굴로 쳐다보더니, 가는 길을 계속 가버렸다.

남자는 군중 사이에 서 있고, 기뻐하는 사람들은 서로에게 기원의 말을 이어갔다.

"새해에 새 행복을 누리세요!"(*)

Old New Happiness

- Happy New Year, New Happiness! - kind people wished to a Man - Thank you, and I wish you the same, - the Man smiled and shook hands with them.
- Happy New Year, New Happiness - he heard joyful wishes of joyful people around him.

How I want a new happiness this year - the Man thought on his way home - If only the wishes, which I have heard today, came true.

The Man came home and hardly had he opened the door when he saw a New Happiness at his home. It was so beautiful and bright that the Man even did not believe his eyes at first. He just stood on the threshold and looked at it. It was so unexpected, but so desirable at the same time; the man watched his New Happiness and it seemed to him that it was what he had been waiting for all his life. The Happiness was so tiny and exquisite, like a jewel made with the hands of the most prominent master, but at the same time the Happiness was so great that it seemed to have filled the whole home with it, and perhaps the home was too small for it, the Happiness could fill everything surrounding the Man with it, it could fill the whole world. The Man held his breath and was afraid even to move, in order not to frighten the

Happiness accidentally. He wanted this moment to last eternally, because he was beside himself with the Happiness. How God loves me - the Man thought - that he had chosen me to get to know it. The Man was standing on the threshold of his house in such a manner till the evening and still wouldn't enjoy himself to his heart's content, he would stand so eternally, but it had already got dark, people had gone to bed, to be honest, the Man also got tired. He moved to his bed slowly without taking his eyes off his Happiness and as soon as he lay down on his bed, he fell asleep at once. The Man woke up scared at dawn, as he had dreamt that his Happiness had disappeared, jumped out of bed, but no - the Happiness was still there in the same place, beautiful and glowing. The Man was admiring it for a long time, until it dawned and the time came to go to work. The Man hesitated and did not know what to do - both he had to go to work and he was afraid to leave the Happiness alone, lest it should make away or be pilfered by someone. But he still had to get up and to go to work in order to make his bread. He ran from work headlong and then was gazing his Happiness long and thanking God, but gazed not so rapturously as firstly and breathed regularly, quietly, and went to bed earlier, and woke up not in fear, for he knew that the Happiness was there, next to him. So day by day passed, and the happy Man whiled away with his Happiness winter and then spring. The Man got accustomed to his great Happiness, ran already about the house without noticing it, sometimes forgetting already to feast his eyes upon it, he began already to replace the Happiness into a corner that it may not stand in the middle of the house, may not disturb. And when summer came, heaps of work fell on the Man's shoulders, the Man went to bed late and got up early, but not to admire his Happiness, not to rejoice at his Happiness, but to cope with all the work. And when autumn came, extreme coldness with rain and fog, the Man quite forgot about his Happiness, forgot that he had had it formerly. He walked gloomy and sleepy, the sky with heavy hanging clouds put pressure on him, the burning cold depressed him. And when winter came, the Man quite lost heart. Why am I so luckless? – he lamented his fate – Where has my Happiness got lost? The year was coming to a close, and the Man just waited and still hoped that everything would change in the new year, that a happiness would be awaiting him in the new year.

– Happy New Year! New Happiness, – kind people smiled to the Man – Thank you very much, – the

Man replied, I would like so much to have a new happiness in this new year, - he said, and it seemed to him that he had already heard it somewhere, and then he remembered everything that had happened to him the year before and he recalled his old Happiness.

- And what do I have to do to with the old Happiness? - he shouted after them.

- But where did you see, Man, an old happiness being happiness? - the people looked at each other smiling and went on.

The Man stood among the crowd, and joyful people wished each other again and again: - Happy New Year, New Happiness!

Malnova Nova Feliĉo

"Feliĉan Novjaron, Novan Feliĉon!"

Afable, homoj donis tian benon al viro.

"Dankon, kaj mi deziras al vi same."

La viro ridetis kaj manpremis ilin.

"Feliĉan Novjaron. Mi deziras al vi novan feliĉon."

La viro aŭdis ĝojajn dezirojn de ĝojaj homoj. kiuj ĝuas la novan jaron ĉirkaŭ li. 'Kiel mi deziras mian novan feliĉon en la nova jaro?' La viro estis survoje hejmen kun tiaj pensoj. 'Se nur la deziroj, kiujn mi aŭdis de kelkaj homoj hodiaŭ, realiĝus.' Kiam la viro alvenis al la domo kaj malfermis la pordon al sia domo, li vidis, ke nova feliĉo eniris lian domon.

Ĉi tiu momento estas tiel bela kaj hela, komence la viro ne kredis al siaj okuloj. Nur starante ĉe la pordego, li rigardis la feliĉon. Ĉi tio estis neatendita, sed samtempe ĝi estis io, pri kio mi sopiris. La viro longe rigardis sian novan feliĉon kaj sentis, ke tio estas io, kion li atendis dum sia tuta vivo. La nova feliĉo de la viro estis tiel malgranda kaj altnivela, kiel juvelo farita per la mano de la plej fama majstro. Samtempe la feliĉo estis tiel granda, ke ĝi ŝajnis plenigi la tutan domon. Eble lia domo ŝajnis tro malgranda. Tiu feliĉo ŝajnis plenigi ĉion ĉirkaŭ homo kaj plenigi la tutan mondon. La viro retenis la spiron kaj timis fari eĉ unu paŝon, timante, ke lia feliĉo eble estos hazarde surprizita. Li volis, ke ĉi tiu momento daŭru eterne. Li sentis, ke li nun estas ĉirkaŭita de feliĉo. — Kiom Dio amas min, — pensis la viro. Mi pensis, ke li elektis min por scii ĝin.

La viro staris senmove ĉe la pordego de sia domo ĝis la vespero. Li volis stari longe por ĝui ĉi tiun momenton plene por ĉiam.

Sed jam malheliĝas, homoj enlitiĝas, kaj, sincere, ankaŭ la viro estas laca.

La viro ne povis depreni la okulojn de la feliĉo kaj malrapide iris al sia lito. Tiam, tuj kiam li kuŝiĝis sur la liton, li tuj ekdormis.

La viro, kiu tiel dormis, vekiĝis frumatene el sonĝo, ke tiu feliĉo malaperus. La viro saltis el la lito kaj trovis, feliĉe, ke la feliĉo ankoraŭ bele brilas en la sama loko. La viro longe admiris tiun feliĉon, kaj tiun feliĉon li nur rigardis de la tagiĝo ĝis la matena pinthoro por iri al la laboro.

La viro hezitis kaj ne sciis kion fari. 'Mi maltrankviliĝis pri irado al laboro kaj pri tio, ke mi ne povos lasi tiun feliĉon sola, kaj mi havis du zorgojn. Mi eĉ maltrankviliĝis, ke iu povus ŝteli tiun feliĉon kaj ke ĝi iros aliloken.'

Sed la viro devis leviĝi kiel kutime kaj eklabori por vivteni sin. Tuj kiam li finis sian laboron, li alkuris hejmen, kaj, post la atingo, longe rigardis sian feliĉon, dankante Dion, sed ne tiel ekstaza, kiel li estis komence. Li povis nur spiri regule kaj trankvile, enlitiĝi iom pli frue ol alia tago, kaj sentime vekiĝi denove. Ĉar li sciis, ke feliĉo ankoraŭ estas ĉe lia flanko.

Do, poste, ĉiu tago pasis. La feliĉa viro pasigis vintron kaj printempon kun tiu feliĉo.

La viro nun kutimas al la granda feliĉo, kiun li havas, senkontrolante la feliĉon unufoje tage. Li pafas ĉirkaŭ la domo, foje forgesante rigardi la feliĉon kaj esti feliĉa. Nun, por ke la feliĉo ne estu ĝenata, ĝi estis movita al angulo de la domo, ne al la mezo.

Kaj estis somero.

Monto da laboro amasiĝis sur la ŝultroj de la viro kaj la viro malfrue enlitiĝis. Tamen, la viro vekiĝis frue, sed nek admiris la feliĉon, kiun li havis, nek denove ĝojis pri ĝi, sed ensorbiĝis en la multaj aferoj, kiuj okazis al li.

Kaj venis aŭtuno.

Dum la pluvaj kaj nebulaj tagoj sekvis kaj la vetero nun estis malvarma, la viro tute forgesis pri sia feliĉo, eĉ forgesante, ke li havis ĝin antaŭe. Li marŝis kun sombra kaj dormema paŝo. La ĉielo kovrita de densaj nuboj pezigis lin, kaj la furioza malvarmo ankaŭ faris lin melankolio.

Kaj venis vintro.

La viro tute perdis la menson. "Kial mi estas tiel malbonŝanca?" li lamentis sian sorton. 'Kien iris mia feliĉo?'

La jaro nun finiĝas, kaj kiam venos la nova jaro, aferoj ŝanĝiĝos, kaj feliĉo por si en la nova jaro atendos lin.

"Feliĉan Novjaron! nova feliĉo."

Afablaj homoj ridetis al la viro.

"Multan dankon. Mi volas ĝui novan feliĉon en la venonta nova jaro."

La viro tiel respondis.

Sed tiam, li ŝajne jam aŭdis ĝin ie, kaj ĝuste tiam li rememoris ĉion, kio jam okazis ĉi-jare, kaj rememoris sian malnovan feliĉon.

"Do, kion mi faru kun tiu malnova feliĉo?" La viro kriis al ili.

"Sed kie vi vidis tiun malnovan feliĉon, kiu alportis al vi feliĉon, saluton?"

La homoj rigardis unu la alian kun ridetoj kaj daŭrigis sian vojon. La viro staris inter la homamaso, kaj la ĝojantaj viroj daŭrigis siajn preĝojn unu al la alia.

"Feliĉan Novjaron!"

2. 세상의 중심

옛날에 한 소년이 살았단다. 소년은 멋진 모습에, 영리하기도 했단다.

소년이 거리를 걷고 있을 때, 사람들은 자신을 뒤돌아보며, 그를 한번 쳐다보고는 매료된 눈으로 그를 맹렬히 따라갔단다. 젊음은 그 소년에게 아름다움과 에너지를 주었지만, 휴식은 주지 않았단다.

소년이 젊음으로부터 휴식을 얻지 못하다니!

그래서 소년은 자신의 작은 읍내에서 평안을 찾지 못한 채 살았다. 읍내는 그가 보기에 습지대처럼, 길-이-없-어, 신도 외면한 외딴곳처럼 보였다. 그래서 소년은 자신의 읍내가 사람이 많고 많아도, 슬픈 곳처럼 보였다. 깊이 숨을 내쉬며 살고 싶었으나 그에게는 공기가 부족했다. 또 메아리가 저 멀리 가도록 크게 소리치고 싶었으나, 그의 목소리는, 뭔가가 마치 자신이 작은 상자 속에서 내지르는 소리처럼, 그곳에서 멈춘 것 같았다. 그에겐 이곳이 살만한 곳도 아니고, 행복을 찾기에도 부적당한 곳으로 여겼다. 그에겐 이곳이 세상 끝처럼 보였고, 소년에겐 세상에서 변두리는 정말 필요하지도 않다고 생각했다.

하지만 그에겐 세상의 중심은 필요했다. 소년은 오랫동안 의심하면서 고통 속에 지내다가, 일단 결심했다.

'내가 이 세상의 중심을 찾아보자!'

오직 그곳이 그를 행복하게 만들어 줄 것만 같다고 하면서.

하지만 그것이 어디, 어디에서 찾을 수 있을까? 그는 세상의 중심이 표기된 어떤 지도도 본 적이 없고, 책을 읽어도 어느 책에서도 그 중심 이야기는 없고, 그 장소의 위치 정보를 아는 사람도 듣지 못했다.

소년은 생각하고 또 생각해보고는 자신의 읍내에 가장 나이 많고 명성이 자자한 현자를 한 번 찾아가 볼 결심을 했다.

-존경하는 현자님, 제가 가진 문제를 풀 수 있도록 저를 좀 도와주십시오.

소년은 현자에게 간청했다.

-이 세상의 중심을 찾고 싶은데, 그걸 제가 어디서 찾아야 할지 모르겠습니다.

-음, 세상의 중심은 왜 필요한가, 젊은이?

현자가 자신의 턱수염을 쓰다듬고는 물었다.

그러자 소년은 놀라면서 대답했다.

-아니, 어찌 왜라고 물으시는지요, 현자님? 세상의 중심에 가면 가장 큰 기회들이 많지 않겠습니까? 세상의 중심에는 바다같이 수많은 사람이 있고, 세상의 중심에는 돈도 많이 있을 것 같습니다. 그곳이 제가 필요로 하는 곳이고, 저의 젊음이면 뭐든 할 수 있고, 저기 저 산도 움직일 수 있다고 느끼고 있습니다. 저는 이 세상을 한 번 바꿔 보고 싶습니다. 하지만 여기, 이 외딴곳에서는 그 일을 제가 할 수 없어요.

그러나 현자는 소년을 뚫어지게만 바라보고 있었다.

-그러니, 현자님, 제발, 세상의 중심이 어디인지 말씀해 주십시오. 그곳에 저의 행복이 기다리고 있을 거예요.

그렇게 소년은 현자에게 간청했다.

-그렇다면, 소년이여, 내가 도와주지.

현자는 마침내 말을 시작하고는, 낡은 두루마리를 꺼내 이를 펼쳐, 소년 앞으로 내놓았다.

-이게 마법의 세계 지도란 것이네. 중간에 있는 이 작은 화살이 항상 세상의 중심을 가리키고 있네.

소년은 그 지도를 황홀하게 쳐다보았고 행복감에 사로잡혀 있었다. 그는 현자에게 감사를 표하고는 서둘러 그곳을 달려 나갔다.

바로 그날, 그 소년은 자신의 여행용 가방을 싸 들고서 그의 눈이 이끄는 곳으로 걸어갔다.

그래서 소년의 방랑은 시작되었다.

그 방랑에서 첫 번째 만난 나라는 이상하고, 아직 한 번도 본 적이 없는 낯선 동물로 가득 찬 무더운 나라였다. 소년은 그곳의 하루하루가 즐거웠다. 왜냐하면, 그의 하루하루가 새로움의 연속이었다. 그는 뜨거운 모래 위에 누워 세상의 중심이 이런 곳이구나 하고 기쁘게 생각했다. 그렇게 시간이 지나자 그 이상한 나라도 소년에게는 평범한 장소가 되었다. 시간이 또 지나자, 그는 슬퍼 지루해졌다. 그때야 그는 여기가 세상의 중심은 전혀 아닌 것 같았다.

그래서 다시 소년은 자신의 짐을 싸고는 출발했다.

그는 다시 지도 속 화살이 가리키는 방향으로 오래오래 걸어가다가 이번에는 차갑고 냉랭한 나라에 이르렀다.

그곳의 눈 덮인 산들은 아주 아름다웠다. 소년은 그 산들을 바라보며, 날카로운 첨탑 같은 뾰쪽함이 하늘을 해칠 수도 있겠구나 하고 생각했다. 하지만, 그 뾰쪽한 봉우리들이 그의 심장을 해쳐 그는 더는 앞으로 나아갈 수도 없었다. 차가운 아름다움과 추위는 그의 뼛속조차 느끼게 되었다. 하지만 그의 눈에는 장엄한 아름다움으로 가득 찬 이곳이 바로 세상의 중심으로 생각했다.

하지만 시간이 지나자 이곳도 소년에겐 너무 외롭고, 기나긴 겨울 저녁마다 소년에겐 너무 슬펐다. 그래서 갑자기 여기가 세상의 중심이 전혀 아니라고 생각하고는, 세상의 중심이 이곳이 아닌 아주 먼 곳에 있으리라고 추측했다.

그래서 소년은 다시 화살이 가리키는 방향으로 계속 나아가, 며칠을 여행하다가 마침내 바다 건너 어딘가, 진짜, 그곳이 적어도 진정한 세상의 중심이라고 느낄 만한 곳을 발견했다. 그곳에서 그가 본 건물 꼭대기는 구름 속 어딘가에 숨어 있었지만, 아무도 그 꼭대기가 어디에 닿는지 모르는 것 같았다. 왜냐하면, 그 나라 사람 누구도 하늘을 바라보지 않기 때문이다. 그곳 사람들은 너무 바빠, 하늘을 볼 시간도 없고, 그들 각자 중요한 일에 종사해, 각자 끔찍이 서로서로 필요로 했다. 소년은 기뻐서 울고 싶었다.

또 이곳에서 소년은 아주 중요한 일을 할 수 있을 것이고, 또한 그에게도 몹시 필요한 일이 있을 것을 알고 있었기 때문이다. 그래서 곧 소년은 자기 일에 몰두했고, 돈을 벌기 위해 모든 시간을 보냈고, 그렇게 그 번 돈을 쓰기 위해 또한 모든 시간을 보냈다. 그는 이미 머리 위를 쳐다보는 것도 잊고, 거대한 건물의 끝이 어디인지도 몰랐다. 그는 온종일 일에 파묻혀 잠시라도 일을 멈추는 것조차 두려웠다. 왜냐하면, 그가 참여하지 않고는 이 세상이 무너질 것만 같았기 때문이다.

하지만 어느 날, 일하러 바삐 발걸음을 옮기다가, 그 젊은이는 걸음을 멈추고 꼼짝 않고 서 보았다. 그래도 세상은 무너지지 않았고, 일도 멈추지 않았고, 아무도 그를 기억하지 않았고, 아무도 그가 없어진 것을 알아차리지 못한 채, 사람들은 이리 저리 뛰어다니고, 아무도 그를 쳐다보지도 않았다.

소년은 그 끔찍한 상황을 알아차리고는, 이에 사로잡힌 채 가만히 서 있었다. 그러고는 그는 이곳이 세상의 중심이 되기에는 전혀 맞지 않음을, 또 이곳이 세상의 중심이 전혀 아님을 깨달았다. 그 젊은이는 가게 창문에 비친 자신의 모습을 보고는, 더는 자신이 젊지도 않음을 알았다. 그의 관자놀이는 상당히 회색이 되어 있었다. 그래서 그 남자는 자신의 집으로 귀가해, 오래전에 잊고 있던 그 지도를 들추어 보기 시작했다.

그는 그 지도를 찾아내, 그것을 풀어헤쳐, 그 안에 있는 작은 화살도 보았다. 그 화살을 이전의 어느 때보다 자세히 꼼꼼히 살펴보니, 그 화살은 전혀 움직이지 않음을 깨닫게 되었다.

현자가 자신을 속였구나, 현자가 그를 조롱했음을 깨달았다. 화살은 어떤 방향도 보여주지 않았다. 알고 보니 그는 평생 전혀 아닌 장소에서 세상의 중심을 찾고 있었구나 하고 생각이 들었다. 그래서 그때 그는 자신이 정말 불운하구나 하고 생각했다.

그리하여, 그 젊은이는 그 집을 나섰다. 그러나 그의 이번 목적지는 항상 가보려 했던 여러 외국을 향해서가 아니라, 자신의 읍내 고향 마을을 향해 출발했다.

그는 자신이 오래전에 고향을 떠나 있었기에 자신의 집이 어떻게 생겼는지 잊어버릴 것만 같았다. 그리고 마침내 그가 자신의 고향 땅에 발을 들여놓았을 때, 자신은 심지어 놀라면서도, 왜 그가 자신의 마을을 그렇게 많이 좋아하지 않았는지 도무지 이해할 수 없었다. 그 고향은 정말 멋진 곳이었음에도.

그러나 그는 그 점에 대해 오랫동안 생각할 여유가 없었다. 왜냐하면, 그는 한때 자신에게 마법의 지도를 준 그 현자를 찾으러 가는 일에 서둘렀기 때문이다.

그는 그분의 눈을 똑바로 들여다보며 왜 자신을 바보로 만들었는지 묻고 싶었다.

그는 이제 현자의 집에 가까이 왔다. 그는 그분이 아직 살아 계신지, 또, 그분을 이미 찾을 수 없을까 봐 두려워했지만, 이전에 만나 뵐 때처럼 현관에 앉아 계시는 그분을 보자, 기뻤다.

-말씀해 주십시오, 현자님. 왜 제게 거짓말을 하셨어요?- 그 남자가 물었어. -저는 평생 당신이 주신 지도에 놓인 화살에 이끌려 세상의 중심을 찾아다녔는데, 최근에야 그 지도가 제대로 작동하지 않고, 당신이 주신 화살도 움직이지 않는다는 걸 깨달았어요.

-화살이 움직이지 않았는데, 어찌하여 자네는 그 화살을 따라갔는가? 현자가 조용히 물었다.

-단지 그게 가리키는 방향으로 가보았지요.

남자는 자신의 앙심을 억누르고 대답했다.

-그럼 그 두루마리 지도를 풀어 그 화살을 다시 보게.

남자가 현자의 말씀에 따라 그렇게 했다.

-화살이 가리키는 곳이 어딘가? 현자가 다시 물었다.

-저깁니다. 남자가 자기 앞에 손을 흔들었다.

-그럼 이번에는 다른 쪽에서 보게

현자가 말했다. 남자는 반대편으로 가서 그 앞을 바라보았다.

-화살이 지금은 어디를 가리키고 있는가?

-제가 보고 있는 곳입니다. 혼란스럽게 그 남자가 대답했다.

현자가 미소를 지었다.

-이 화살은 방향을 전혀 알려 주지 않았지. 그 방향을 잡은 이는 오직 자네일세, 그려.

-하지만 화살이 세상의 중심으로 안내해 줄 거라고 현자께서는 약속하지 않았어요?

남자는 거의 울 뻔했다.

-그래, 자네 말이 맞네. 화살이 어떤 사람을 어딘가로 안내해 주지. 그리고 이제 말해 보게. 저 화살이 언제 안내를 멈추던가?

-어떤 사람이 여기 왔을 때요, 그이가 남자든 여자든, 이미 제자리에 서 있을 때, 그때이지요.

놀라면서 남자가 말을 이어갔다.

-이 화살이 고장 나서 움직이지 않는 게 아니라, 제가 가만히 서 있기에 움직이지 않은 거예요. 저는 항상 제 세상의 중심에 있었어요. 세상의 중심이란 곳은 바로 제가 있는 곳이더군요.

회색빛의 남자가 현자를 보았는데, 현자는 아무 말도 하지 않았다.

그리고는 현자는, 현관에 앉아, 저 멀리 바라보고 있었다.(*)

A Tale of the Center of the World

There lived a young boy, and that boy was handsome and clever. When the bay was walking along the street, people turned back to look at him and followed him rapturously with their eyes. The youth gave the young boy the beauty and energy, but gave no rest. Boy, don't expect rest from the youth! So the young boy lived without finding peace in his small town. That town seemed to him to be a bog, an out-of-the-way godforsaken place. It was crowded for the boy there, crowded and sadly. He seemed to want to breathe in deeply, but he was short of air, he wanted to shout that the echo might go afar, but something stopped his voice, as if he shouted in a small box. It was not the place for him to live, not the place where to look for happiness. The world's end he, a young boy, did not need, did not need the world's end, but the center. The boy was tormented with doubts long and once he decided - he had to look for the center of the world, only there he would be happy. But where, where was it to look for? He had not seen on any map that center marked, had not read in any book about it, had not heard from any person where it was situated. The boy was thinking and thinking and decided to go to a well-known sage, the oldest resident of the town.

- Help me, venerable sage, in my trouble - the boy begged him - I must find the center of the world, but I don't know where to look for it.

- Hmm - the sage stroked his beard - and why do you need the center of the world, boy?

- But how why? - the boy got surprised - there are the greatest possibilities in the center of the world, there is a sea of people in the center of the world, there is a lot of money in the center of the world, this is the place I need, my youth is omnipotent, I feel I can move mountains, I'll manage to change the world. But not here I can do it, not in this remote corner.

But the sage was looking intently at the boy.

- I ask you, sage, please, say where the center of the world is. My happiness is waiting for me there - the boy begged.

- Well, boy, I'll help you - the sage began finally to speak, took out an old scroll, unrolled and put it before him - it's a magic world map, this little arrow in the middle will always point to the center of the world.

The boy looked at the map rapturously and was beside himself with happiness. He thanked the sage and rushed out. On the same day he packed his things and went wherever his eyes led him. So the young boy's wandering began. The first was a hot country, full of strange, yet unseen animals. The boy rejoiced at his every day there, because his every day was a discovery for him. He lay on the hot sand and was glad that the center of the world was such as it was. The time passed and that strange land became commonplace for the boy, the time passed and he got sad and bored there. And then it seemed to him that the center of the world was not there at all. The boy packed his things and set out again. He was going long in that direction where the arrow pointed until he got to a cold inhospitable land. The mountains covered with snow which he saw there were very beautiful. The boy looked at them and thought that their sharp spires could wound the sky, but they wounded his heart and he was not able to go further. That cold beauty and cold made him feel it even in his bones, there was no room for that majestic beauty in his eyes, and he thought that the center of the world could not be another one. But the time passed, and the boy began to get too lonely there, too sad during long winter evenings. And then a sudden surmise came to him that the center of the world was not there at all, it was very far away from there. And the boy rushed out following his arrow again, spent a lot of days on his way, until somewhere overseas he found the genuine, that time the genuine center of the world. At least, so he thought. The tops of those buildings which he saw were hiding somewhere up in the clouds, but no one seemed to know that, because no one in that land looked at the sky, those people were too busy to do this, each of them had an important work, each of them was awfully needed. The boy wanted to cry for joy, as he knew that also he would get there an awfully important work, that also he would be there awfully needed. Soon also the boy was plunged in his affairs, he spent all his time to make money, and then he spent all his time to spend the money. He already forgot to look up and he did not know himself where huge houses came to an end. He feared even to stop for a moment in his everyday fuss, because it seemed that the whole world would collapse without his participation. But once, running along the road to work, the young boy stopped and stood stock-still. The world did not collapse, the work did not stop, no one recalled him, no one noticed his absence, people were running by and no one even looked at him. The boy was standing, constrained with his terrible discovery, realizing that the center of the world was not genuine at all, that the center of the world was not there at all. The young boy looked at his reflection in the shop window and saw that he was no longer young. His temples were quite gray. The man came home and began to look for the map which he had forgotten about long before. He found the map, unrolled it, looked at the small arrow, looked fixedly, so fixedly like never before and realized that it did not move, the sage had deceived him, mocked at him. That arrow had never shown any direction, it turned out that he had been looking for the center of the world all his life not in the right places, that's why he was so ill-fated then. Again, the boy set out, but not to foreign countries, as always, but to his native town. So long ago he had been there that he seemed to have forgotten how his home looked. And when he set foot finally on his native land, he even got surprised and did not understand why he had not liked his town once so much, so nice it was. But he did not have much time to think over that, he was in a hurry to find the sage who had given him the magic map once. He wanted to look into his eyes and to ask why he had befooled him. He came to the house of the sage, fearing that he could already not find him alive, and was glad when he saw him sitting on the porch as he was during their last meeting.

- Tell me, sage, why did you lie to me - the man asked him - I have spent all my life searching the center of the world, guided by the arrow on your map, and only recently have realized that the map does not work, that your arrow does not move.

- How did you follow the arrow if it did not move? - the sage asked quietly.

- I just went in the direction to which it pointed - the man replied keeping down his spite.

- And now unroll the map and look at the arrow.
The man did so.

- Where is the arrow pointing? - the sage asked again.

- There - the man waved his hand before himself.

- And now look at the other side - the sage said.
The man turned to the other side and looked forward.

- Where is the arrow pointing now? - the sage asked.

- Where I am looking - the confused man answered.

- This arrow never had any direction - the sage smiled - only you had a direction.

- But you promised me that this arrow had to lead me to the center of the world - the man nearly cried.

- Yes, you are right, the arrows are to lead a person

somewhere, and now tell me, man, when does the arrow stop leading?

- Then, when a person has already come - the astonished man said, - when he or she is already in place. It turns out that the arrow did not move not because it did not work, but because I always stood still, I was always in the center of my world, the center of the world is where I am - the grizzled man looked at the sage, that one said nothing, he was just sitting on the porch and looking into the distance.

La centro de la mondo

Iam vivis knabo. La knabo estis bela kaj lerta.

Dum la knabo iris sur la strato, homoj turnis sin al li, rigardis lin kaj sekvis lin ravite per siaj okuloj. La juneco donis al la knabo belecon kaj energion, sed ne ripozon. Knabo ne havas ripozon de sia juneco!

Do la knabo vivis sen trovi pacon en sia urbeto. La urbeto aspektis, al li, kiel marĉo, vojo-ne-voja, izolita loko, de kiu eĉ la dioj forturnis sin. Do la urbeto aspektis kiel malgaja loko kvankam la urbeto estis plenplena kaj plenplena. Li volis vivi kun profunda spiro, sed aero mankis al li. Li volis laŭte krii, ke la eĥo iru pli malproksimen, sed lia voĉo ŝajnis ĉesi tie, kvazaŭ io sonus, kiam li krius el skatolo. Li vidis tion kiel nek indan loĝlokon nek malkonvenan lokon por trovi feliĉon. Al li ĉi tio ŝajnis kiel la fino de la mondo, kaj li ne pensis, ke li vere bezonas la randon de la mondo.

Sed li bezonis la centron de la mondo. La knabo delonge suferis doloron kaj dubon, kaj tiam li decidis. 'Lasu min trovi la centron de ĉi tiu mondo!'

Li diris nur, ke ĝi feliĉigos lin. Sed kie, kie mi povas trovi ĝin? Li neniam vidis iun mapon markis la centron de la mondo, legis librojn, sed trovis neniun rakonton pri la centro en iu libro, kaj ne aŭdis pri iu ajn kiu konis la lokon de la loko.

La knabo pensis kaj pensis kaj decidis viziti la plej maljunan kaj faman saĝulon en sia urbo.

-Estimata saĝulo, bonvolu helpi min solvi mian problemon.

La knabo petegis la saĝulon.

-Mi volas trovi la centron de ĉi tiu mondo, sed mi ne scias kie trovi ĝin.

-Nu, kial vi bezonas la centron de la mondo, junulo?

La saĝulo demandis, karesante sian barbon.

Tiam la knabo mire respondis.

-Ne, kial vi demandas, saĝulo? Se vi iras al la centro de la mondo, ĉu ne estas multaj grandaj ŝancoj? Estas multaj homoj kiom la maro en la centro de la mondo, kaj ŝajnas esti multe da mono en la centro de la mondo. Tie mi bezonas ĝin, kaj mi sentas, ke kiam mi estas juna, mi povas fari ĉion, kaj tiu mondo tie povas moviĝi. Mi volas ŝanĝi ĉi tiun mondon unufoje. Sed ĉi tie, en ĉi tiu malproksima loko, mi ne povas fari tion.

Tamen, la saĝulo fiksrigardis la knabon kun la okuloj larĝe malfermitaj.

-Do, saĝulo, bonvolu diri al mi, kie estas la centro de la mondo. Mia feliĉo atendos tie.

Do la knabo petegis la saĝulon.

-Do, knabo, mi helpos vin.

La saĝulo fine ekparolis, elprenis malnovan skribrulaĵon, malfaldis ĝin kaj metis ĝin antaŭ la knabon.

-Jen la magia mondmapo. Ĉi tiu sageto en la mezo ĉiam indikas la centron de la mondo.

La knabo kun ekstazo rigardis la mapon, kaj estis venkita de eŭforio. Li dankis la saĝulon kaj haste elkuris el ĝi.

En tiu sama tago, la knabo pakis sian valizon kaj marŝis kien liaj okuloj kondukis lin.

Do komenciĝis la vagado de la knabo.

La unua lando, kiun li renkontis dum tiu vagado, estis sufoka lando plena de strangaj, nekonataj bestoj, kiujn li neniam antaŭe vidis. La knabo ĝuis ĉiun tagon tie. Ĉar, ĉiu tago lia estis serio de novaĵoj. Li kuŝis sur la varma sablo kaj ĝojis, ke la centro de la mondo estas tia. Dum la tempo pasis, eĉ tiu stranga lando fariĝis ordinara loko por la knabo. Dum la tempo pasis, li malgajiĝis kaj enuiĝis. Ĝuste tiam li sentis, ke tio tute ne estas la centro de la mondo.

Do denove la knabo pakis siajn valizojn kaj ekiris.

Li longe marŝis denove en la direkto indikita de la sago sur la mapo, kaj ĉi-foje li venis al malvarma kaj malvarma lando.

La neĝkovritaj montoj tie estis tre belaj. La knabo rigardis la montojn, pensante, ke akra spajro-simila pinto povus damaĝi la ĉielon. Tamen la pikaj pintoj vundis lian koron kaj li ne povis movi plu. La malvarma beleco kaj malvarmeco sentis lin eĉ en siaj ostoj. Sed en siaj okuloj, li pensis, ke ĉi tiu loko, plena de majesta beleco, estas la centro de la mondo. Sed dum la tempo pasis, ĉi tiu loko estis tro soleca por la knabo, kaj ĝi estis tro malĝoja por la knabo ĉiun longan vintran vesperon. Do subite mi pensis, ke ĉi tio tute ne estas la centro de la mondo, kaj li konjektis, ke la centro de la mondo estas ne ĉi tie sed tre malproksime.

Do la knabo denove iris en la direkto, kiun la sago indikas, kaj, post kelkaj tagoj vojaĝinte, li fine trovis ie trans la maro, ie, vere, kie li sentis almenaŭ la vera centro de la mondo. La supro de la konstruaĵo, kiun li vidis tie, estis kaŝita ie en la nuboj, sed neniu ŝajnis scii kien ĝi atingas. Ĉar neniu en tiu lando rigardas la ĉielon. La homoj tie estas tro okupataj por rigardi al la ĉielo, ĉiu el ili okupiĝas pri grava laboro, ĉiu el ili terure bezonas unu la alian. La knabo estis feliĉa kaj volis plori.

Kaj ĉar li sciis, ke ĉi tie la knabo povos fari tre gravan laboron, kaj ke ankaŭ li tre bezonos. Tiel baldaŭ la knabo okupiĝis pri sia laboro, kaj li pasigis sian tutan tempon gajnante monon, kaj li ankaŭ elspezis sian tutan tempon por elspezi tiun monon. Li jam forgesis rigardi supre, ne sciante kie estas la fino de la grandega konstruaĵo. Li tiom okupiĝis pri sia laboro la tutan tagon, ke li eĉ momente timis ĉesi labori. Ĉar ŝajnis, ke la mondo disfalos sen li partopreno.

Sed iun tagon, kurante al la laboro, la junulo haltis kaj staris senmove. Tamen la mondo ne falis, laboro ne haltis, neniu rememoris lin, neniu rimarkis, ke li foriris, homoj kuris tien kaj reen, kaj neniu rigardis lin.

La knabo, rimarkinte la teruran situacion, staris senmove, posedata de ĝi. Tiam li komprenis, ke ĉi tiu loko tute ne taŭgas por esti la centro de la mondo, kaj ke tiu ĉi loko tute ne estas la centro de la mondo. Kiam la junulo vidis sian spegulbildon en la montrofenestro de la vendejo, li sciis, ke li ne plu estas juna. Liaj tempioj estis sufiĉe grizaj. Do la viro iris hejmen al sia domo kaj komencis rigardi la longe forgesitan mapon.

Li trovis la mapon, malimplikis ĝin kaj vidis la sageton en ĝi. Ekzameninte la sagon pli atente ol iam antaŭe, li konstatis, ke ĝi tute ne moviĝas.

Ekkomprenis, ke la saĝulo trompis lin, la saĝulo

mokis lin. La sago montris neniun direkton. Venis al li en la kapon, ke li serĉis la centron de la mondo en loko, kiun li neniam estis en sia tuta vivo. Tiam li pensis, ke li estas vere malbonŝanca.

Do, la junulo forlasis la domon. Tamen lia celo komenciĝis ne por la diversaj eksterlandoj, kiujn li ĉiam volis viziti, sed por sia naskiĝurbo.

Li ŝajnis forgesi kiel lia domo aspektis ĉar li estis for de hejmo antaŭ longa tempo. Kaj kiam li fine metis siajn piedojn sur sian naskiĝlandon, li ne povis kompreni, eĉ mirigita, kial li ne tiom ŝatis sian vilaĝon. Kvankam tiu hejmurbo estis vere mojosa loko.

Sed li ne povis longe pensi pri tio. Ĉar li rapidis iri trovi la saĝulon, kiu iam donis al li sian magian instruon.

Li rigardis rekte en siajn okulojn kaj volis demandi kial li stultis sin.

Li alproksimiĝis al la domo de la saĝulo. Li timis, ĉu li ankoraŭ vivas kaj ĉu li eble ne estas jam trovita, sed li ĝojis vidi lin sidanta sur la verando, kiel li antaŭe renkontis.

- Bonvolu diri al mi, saĝulo. Kial vi mensogis al mi?- demandis la viro. -La tutan vivon, mi estis gvidata al la centro de la mondo per tiu sago sur la mapo, kiun vi donis al mi, sed nur lastatempe mi konstatis, ke la mapo ne funkcias, kaj la sago, kiun vi donis al mi, ne moviĝas.

-La sago ne moviĝis, kial do vi sekvis ĝin? demandis la saĝulo kviete.

-Mi nur iris en la direkto, kiun ĝi montris.

La viro subpremis sian rankoron kaj respondis.

-Tiam malfermu la rulan mapon kaj rigardu la sagon denove.

La viro faris tion laŭ la vortoj de la saĝulo.

-Kien indikas la sago?

La saĝulo denove demandis.

-Jen ĝi estas.

La viro svingis la manon antaŭ si.

-Ni vidu ĉi-foje de la alia flanko, diris la saĝulo. La viro iris al la alia flanko kaj rigardis antaŭ si.

-Kien indikas nun la sago?

-Jen kien mi serĉas.

Konfuzite, la viro respondis.

La saĝulo ridetis.

-Ĉi tiu sago tute ne donis direkton. Vi estas la sola kiu prenis tiun direkton.

-Sed ĉu vi, la saĝulo, ne promesis, ke la sago gvidos vin al la centro de la mondo?

La viro preskaŭ ploris.

-Jes, vi pravas. Sago kondukas iun ien. Kaj nun diru

al mi, kiam tiu sago ĉesis gvidi?

—Tiam, kiam iu venas ĉi tien, ĉu tiu estas viro aŭ virino, kiam tiu jam staras tie.

Surprizite, la viro daŭrigis.

—Ne estas ke tiu ĉi sago estas rompita kaj ĝi ne moviĝas, tio estas ke ĝi ne moviĝas, ĉar mi staras senmove. Mi ĉiam estis en la centro de mia mondo. La centro de la mondo estas, kie mi estas.

La grizkolora viro rigardis la saĝulon, kaj la saĝulo diris nenion.

Tiam la saĝulo sidis sur la verando kaj forrigardis.(*)

3. 마술사

옛날옛적에 한 마술사가 살았단다. 그 마술사는 자신의 직업에 대해 잘 알고 있었단다. 마술사가 자신의 마술을 청중에게 보여줄 때, 그 청중은 항상 그를 존경했고, 큰 소리로 환호했단다.

그는 무대에 올라 무대 아래 청중의 열정적인 눈을 보았고, 그들이 그의 모든 움직임을 지켜보며, 그의 비밀을 밝히려고 노력하고, 적어도 무언가 이해하려고 애쓰고 있음을 보고, 또, 마침내 기적, 위대한 기적만을 보고자 하는 것도 보았다. 수많은 사람은 자신이 평생 살면서 이 마술을 보는 게 큰 기회였다. 또 수많은 사람에게는 이 행사가 유일한 축제였기에, 그 마술사가 그들의 존중의 대상이 되었다.

마술사의 눈은 통찰력이 있고, 마술사의 미소는 수수께끼 같고, 그 손은... 마술사의 손은 이상적이었다. 그의 손은 때로 마치 조용한 바다의 물결처럼 부드럽게 움직였고, 때로 강한 돌풍의 바람처럼 날카롭게 움직였다. 그의 손은 처음에는 새의 날개가 되었고, 나중에는 육식동물의 발톱 같았다. 그의 두 손은 모두 힘이 들어가 있었다. 그 손을 본 사람들은 그렇게 생각했고, 마술사만 빼고는, 모두가 그렇게 생각했다.

하지만, 마술사는 하루하루가 슬프고 슬퍼, 뺨은 움푹 들어가고, 두 눈의 불길은 소진되어 거의 꺼질 듯한 위험한 상황이 되어버렸다. 마술사는 한낮에 산책길에 나서서, 하늘 보는 기회도 점점 줄어들었다. 제 몸에 햇살을 받는 습관도 줄어들었다. 반대로 침울하게 된 그는 점점 더 어지럽힌 방에 틀어

박혀 밤낮으로 책만 읽으며 자신을 괴롭히는 질문들에 대한 해답을 찾고 있었다.

-이게 다 무슨 소용이야?

그는 자기 자신에게 어깨를 으쓱하며 물었다.

-무슨 의미가 있어?

그는 자신이 읽고 있던 낡고 색이 바랜 책을 날카롭게 덮고 는, 그 책을 방의 저 먼 구석으로 악의적인 의도로 휘-익-하 며 내던져버렸다.

-무슨 의미가 있어?

그래도 그는 다시 자신의 마술을 연마를 시도해 보았지만, 마침내 실망하고 지친 채, 안락의자에 풀썩 주저앉았다.

잠시 후, 마술사는 자신의 손에 불을 붙였다. 불꽃의 혀가 그 의 손바닥에서 섬뜩하게 미끄러졌다. 정말 멋지고 매혹적인, 어떤 말로도 표현되지 않는 광경이었다. 그런데 그 불은 따 뜻하지도 않은 불이고, 저녁 식사를 위해서도 소용없는 불이 고, 아무것도 불태울 수 없는 불인 그런 불을 만들었다니! 마 술사가 자신의 손을 아래로 내리자, 그때 그 불은 사라졌다. 잠시 후, 그는 손에 하얗고 순하게 생긴 토끼 한 마리를 만 들어 그 토끼의 귀를 잡고 있었다. 그는 다른 손으로 부드러 운 털을 쓰다듬어 토끼를 다시 자신의 모자에 넣었다. 하지 만 그 모자에서 토끼를 꺼내는 게 어떤 의미일까? 만일 이 토끼를 식용 고기로 절대 할 수도 없고, 이 토끼 털도 사용 할 수 없다면?

이번에는 마술사는 아름다운 꽃을 여럿 만들어, 자신의 손에 들고 있었다. 그 꽃들은 아름다운 소녀가 가져갔으면 하고 그는 바라지만, 그 자신은 이것들을 결코 선물로 누구에게도 줄 수 없다는 것을 알고 있었다. 그 꽃들은 향기도 없는, 향기도 맡을 수 없는 죽은 꽃이다.

-이 모든 것이 무슨 의미가 있는가?

마술사는 자신에게 물으며, 자신에게 대답했다.

-아무 의미가 없어.

마술사는 자신의 두 눈을 감고 자신이 열심히 일하는 평범한 농부였으면 하고 상상해 보았다. 농부는 자신이 일한 성과물이 나오고, 그 성과물은 진짜 실물이고, 그 실물들은 만질 수 있고, 맛볼 수 있고, 냄새도 맡을 수 있다. 그 결실은 진짜이며, 환상에서 만들어진 것도 아니며, 한 번의 부주의한 손동작으로도 갑자기 사라지지도 않을 것이다.

왜 그는 자신이 바로 이런 운명에, 바로 이런 삶을 살고 있는가?

마술사는 그때 두 눈을 떴다. 사람들의 음성이 밖에서 들려왔다.

-이제 공연 시간이에요.

'저 분은 천재다. 진짜 천재다.' -어느 농민이 무대에서 공연하는 마술사에 매료되어 바라보다가, 스스로 생각했다.

'저 이는 우리 같은 평범한 사람들은 결코 배울 수 없는 큰 비밀을 갖고 있구나. 내가 몇 주나 몇 달 동안 일해 온 것을 저이는 얼마나 쉽게 단 1초 만에 뭔가 만들어내는구나. 저이는 전능하고, 우리보다 우월하며, 신과 같다. 저이의 삶은 위대한 감각으로 가득 차 있구나. 마술사의 삶은 정말 행복하겠구나.'-그 농민은 자신이 그런 것을 생각할 자격이 없다는 것을 알고, 혼자서만 자신이 원하는 바를 알고 있었기 때문에 자신의 눈을 아래로 떨어뜨렸다.

마술사가 무대 가장자리로 다가가자, 그 농민은 자신의 눈을 아래로 떨어뜨렸다. 그래서 그는 자신의 두 눈에 비친 슬픔을 보여주지 않았다.

하지만 마술사는 슬픈 표정으로 그 농민을 바라보고 있었다.(*)

A Tale of a Magician

There once was a Magician, and he knew his trade very well. The crowd always admired him, shouting with raptures when the Magician was showing his magic tricks. He went on stage and saw fire burning in the eyes of those who were under the stage, saw how they were watching his every movement, trying to reveal his secrets, trying to understand at least something, and seeing at last only a miracle, a great miracle. The Magician was adored, as for many of them he was a great occasion in their lives, for many of them he was the only festive occasion. The Magician's eyes were insightful, the Magician's smile was enigmatic, and the hands··· the Magician's hands were ideal. His hands moved sometimes gently, like waves of a quiet sea, sometimes sharply like rushes of a strong wind. His hands were first bird wings, then claws of a carnivorous animal. His hands were all-powerful. Those who saw those hands thought so, and everyone thought so, except for the Magician himself.

But the Magician got sadder and sadder with every day, his cheeks became sunken, and the fire in his eyes hardly smoldered risking being out completely. More and more rarely the Magician went out to take a walk in broad daylight, to look at the sky and to sun himself, but more and more frequently he locked himself up in his gloomy cluttered room and read something, reading all day and night, looking for answers to questions tormenting him. - What is the sense of all this? - he asked himself and shrugged his shoulders to himself. - What's the sense? - he closed the old yellowed folio sharply and threw it maliciously to the farthest corner of the room. - What's the sense? - he refined his tricks again and again and finally, disappointed and exhausted, dropped into his armchair.

A second later, fire flamed in the hands of the Magician. The tongues of flame slid eerily on his palms. It was a great and fascinating sight, but so nonsensical. To be able to create the fire that cannot warm, the fire on which no dinner can be cooked, the fire in which nothing can be burned. The Magician lowered his hands, and the fire disappeared. A moment later, he was holding a rabbit by its ears, a white obedient rabbit. He stroked its soft fur with his other hand and put it back into the hat. But what is the sense to pull rabbits out of a hat, if you can never make a meal from their meat, if you cannot use their fur?

And here the Magician is holding some beautiful

flowers now. They are just asking to be taken by some beautiful girl, but he knows that he can never give them to anyone as a present, they do not smell, they are dead. What is the sense of all this? − the Magician asked himself and replied to himself: No sense.

The Magician closed his eyes and imagined himself a simple peasant who although worked hard, but knew that his work produced results, and those results were true, they could be touched, tasted and smelled. They were real, not made out of illusions, they would not disappear after the first incautious hand movement. Why does he have just this fate, just this life? The Magician opened his eyes − human voices were heard from outside − it was the time to perform.

He is a genius, a real genius - the Peasant thought to himself watching fascinated the Magician on stage - he had been let into big secrets which we, ordinary people, can never learn. How easy he creates for a second something what I have been working for weeks or months at. He is all-powerful, he is superior over us, he is like the God. His life is filled with great sense. It is such happiness to be a magician. The Peasant dropped his eyes because he knew that he wasn't deserving even of thinking about it, let alone wanting it. The Peasant dropped his eyes when the Magician approached the edge of the stage, that's why he did not notice any sadness in his eyes. But the Magician was looking sadly at the Peasant.

Magiisto

Iam vivis magiisto. La magiisto bone konis sian profesion. Kiam tiu magiisto montris sian magion al publiko, la publiko ĉiam admiris lin kaj laŭte gajigis lin.

Li supreniris sur la scenejon kaj rigardis en la pasiajn okulojn de la publiko sub la scenejo, rigardante ilin ĉiun movon, penante malkovri siajn sekretojn, almenaŭ klopodante kompreni ion, kaj fine, vidi nur miraklojn, grandajn miraklojn.

Por multaj, estis bonega ŝanco vidi ĉi tiun magion dum ilia vivo. Kaj por multaj, la evento estis la sola festivalo, do la magiisto estis respektata.

La okuloj de la magiisto estas komprenemaj, la rideto de la magiisto estas enigma, la mano... La manoj de la magiisto estis idealaj. Iafoje liaj manoj moviĝis tiel milde kiel la ondoj de trankvila maro, kaj alifoje akraj kiel forta ventoblovo. Liaj manoj estis unue la flugiloj de birdo kaj poste la ungegoj de predanto. Ambaŭ liaj manoj estis fortaj. Tiuj, kiuj vidis la manojn, pensis tiel, kaj ĉiuj krom la magiisto pensis tiel.

Tamen, ĉiutage la magiisto estis malĝoja kaj malĝoja, liaj vangoj malleviĝis, kaj la flamoj en liaj okuloj estis elĉerpitaj, kaj fariĝis danĝera situacio, kiu preskaŭ estingiĝis. La magiisto malofte eliris promeni meze de la tago, kaj la ŝanco vidi la ĉielon iom post iom malpliiĝis. La kutimo ricevi sunlumon sur mian korpon ankaŭ malpliiĝis. Male, li iĝis deprimita kaj ŝlosis sin en ĉiam pli malorda ĉambro, legante librojn tage kaj nokte, serĉante respondojn al la demandoj kiuj turmentis lin.

- Kion utilas ĉio ĉi?

li demandis sin, levante la ŝultrojn.

- Kion vi celas?

Li akre kovris la malnovan, flaviĝintan libron, kiun li legis, kaj malice prenis ĝin kaj ĵetis ĝin al la malproksima angulo de la ĉambro.

-Kion vi celas?

Tamen, li provis denove perfektigi sian magion, sed fine, seniluziigita kaj elĉerpita, li sinkis en la brakseĝon.

Post momento, la magiisto ekbruligis sian manon. Langoj de flamoj terure glitas tra lia manplato. Ĝi estis vere mirinda kaj fascina vidaĵo, kiu ne povas esti esprimita per vortoj. Sed fari fajron ne varman, fajron senutilan por la vespermanĝo, fajron, kiun nenio povas bruligi! La magiisto mallevis la manon, kaj tiam la fajro estingiĝis.

Post iom da tempo, li faris blankan, mildaspektan kuniklon en sia mano kaj tenis la orelojn de la kuniklo. Li karesis la molan pelton per la alia mano kaj remetis la kuniklon en sian ĉapelon. Sed kion signifas eltiri la kuniklon el tiu ĉapelo? Kio, se vi neniam povas uzi ĉi tiun kuniklon por viando, kaj vi eĉ ne povas uzi la felon de ĉi tiu kuniklo?

Ĉi-foje, la magiisto faris plurajn belajn florojn kaj tenis ilin en la mano. Li volas, ke la florojn prenu bela knabino, sed li mem sciis, ke li neniam povus donaci tiujn al iu ajn. Ili estas mortaj floroj, kiuj ne havas odoron nek estas odoreblaj.

-Kion signifas ĉio ĉi?

La magiisto demandis sin, kaj respondis al si.

-Ĝi havas nenian sencon.

La magiisto fermis la okulojn kaj imagis, ke li estos ordinara laborema kamparano. La kamparano produktas la fruktojn de sia laboro, kaj la fruktoj estas realaj, kaj la realaj objektoj povas esti tuŝitaj, gustumataj kun aromo. La fruktoj estas realaj, ne fantazioj, kaj ne malaperos subite per ununura senzorga gesto.

Kial li vivas en ĉi tiu sorto, en ĉi tiu sama vivo?

La magiisto tiam malfermis siajn okulojn.

Homaj voĉoj venis de ekstere.

- Nun estas spektaklotempo.

─Li estas geniulo. Vera geniulo. ─Kamparano estis

fascinita de magiisto aganta sur la scenejo, kaj li pensis en si.

'Li havas grandan sekreton, kiun ordinaraj homoj kiel ni neniam povas lerni. Pri kio mi laboras dum semajnoj aŭ monatoj, kiel facile mi povas krei ion en sekundo. Li estas ĉiopova, supera ol ni, kaj kiel dio. Lia vivo estas plena de grandaj sentoj. Vivo de magiisto estus tre feliĉa.' ⎯La kamparano, sciante, ke li ne meritas tian penson, mallevis la okulojn, ĉar li sola sciis, kion li volas.

Kiam la magiisto alproksimiĝis al la rando de la scenejo, la kamparano mallevis la okulojn. Do li ne montris la malĝojon en siaj propraj okuloj.
Sed la magiisto rigardis la kamparanon kun malgaja mieno.(*)

4. 새의 행복

지구상 어느 곳에는 겨울이라는 계절이 없는 섬이 있다며, 그 섬에는 심지어 가을도 없고, 언제나 여름만 있다고 사람들이 말한단다.

그는 자신의 눈을 가늘게 뜨고서, 자신의 날개를 접은 채, 양치류 덤불 속 축축한 이끼나, 태양에 달궈진 뜨거운 돌이나, 그 뜨거운 열기를 피해 숨어 생활하는 곤충들이 있는, 저 멀리 내려다보이는 그런 땅에 사는 것을 꿈꾸어 왔단다.

그는 다름 아닌 새였다.

그 새는 크고 튼튼한 날개를 가졌지만, 수많은 땅 저 위에서 날아다녀 보아도, 이와 같은 이상한 땅에는 와본 적이 없었다. 그리고 자신이 사는 이 고향, 가혹하고 늘 변화가 심한 이 땅, 이 땅을 그 새는 너무 무자비하다고 생각했다.

서리를 맞으면 그 새는 몸이 얼고, 바이스 도구처럼 그 새를 붙잡고, 그 새의 **뼈**를 아프게 하는 경우가 너무 많았다. 공중에서는 강한 바람에 그 새가 마치 헝겊 인형처럼 사방으로 밀쳐지는 경우도 너무 많았다. 비가 억수같이 쏟아지면, 그 새의 둥지가 비에 젖었고, 그러면 적어도 몇 개의 은신처를 열심히 다시 만들어야 했던 경우도 너무 많았다. 그 새는 자신의 노리는 육식동물의 손아귀에서 벗어나려고 발버둥 치는 경우도 너무 많았다. 그러니 그 새는 자신의 따뜻한 둥지나 첫서리가 내린 둥지를 황급히 떠나야 한 경우도 너무 많았다. 하지만 그 새는 그 모든 어려움을 극복하여 살아남았고, 영원한 여름의 땅 어딘가에 행복이, 마땅히 누려야 할 행복이 기다린다는 것을 항상 기억하며 항상 생각하고 있었다. 바로 그 생각이 떠오르자, 곧장 그 새는 하늘로 높이 날아올라, 화살처럼 구름을 통과하며 돌진하고 있었다. 그 새는 자신의 심장이 뛰고, 또 깃털을 통해 바람이 미끄러지는 소리가 들려 행복했다.

어느 가을날, 그 새는 이제 꿈꾸는 것을 멈추고, 따뜻한 무역풍과 이상한 동물들이 있는 땅으로 가볼 결심을 했다.

그 새는 모든 게 불공정하다고 생각한 땅에 영원히 작별인사하고는 여행길에 올랐다.

몇 주가 지나도록 그 새는 쉬지도 않고 날았다. 때로는 요란한 숲이 보였고, 때로는 뜨거운 태양에 메말라버린 땅도 보였고, 때로는 온전히 난공불락의 요새 같은 바위들도 보이고, 때로는 저 아래서 끝없이 흐르는 큰 물줄기도 보이고, 멀리서도 큰물 끝에 육지가 있음이 단번에 보였다.

바로 그곳이, 그 오랫동안 꿈꾸어온 영원한 여름의 땅이고, 새들의 행복의 땅이었다. '왜 여기에 처음부터 자신은 태어나지 않았을까, 아니면 적어도 훨씬 더 일찍 이곳에 왜 오지 못했을까?'

마침내 그 새는 자신의 날개를 접고, 자신의 두 발을 첫눈에 보아도 따뜻한 모래, 황금 모래가 펼쳐져 있는 곳에 닿았다. 그 새는 그늘진 덤불 속으로 들어가 이 지역의 새들을 꼭 만나 보고 싶었다. 그 새는 자신의 두 눈으로 이곳의 여러 새 중 한 마리라도 모습을 볼 수 있었으면 하는 기대를 하고 있었다. 이곳 새들은 정말 운 좋게도, 행운의 축복을 받고 있구나, 또 우리 같은 수백만 마리의 새 중에서 이와 같은 선택을 받았구나 하고 생각했다.

그런데 갑자기 그 새는 이곳 새들을 보게 되었다. 그들의 모습이 이 세상에서 가장 슬픈 광경임을 알아차렸다.

이 지역의 새들은 조심성이 없이 거칠고, 자신을 다른 존재들로부터 방어할 누군가도 없으며, 어디로 날아갈 곳이 없으며, 날개마저도 없었다. 왜냐하면, 그들은 자신의 날개들이 이젠 필요하지 않기 때문이었다. 그들은 자신들이 새라고 생각하지만, 모두가 단연코 말하기를, 그들은 바로 거대한 과일, 즉, 바로 날개나 꼬리가 없고 털만 있는, 달걀 모양의 **키위**라는 새와 같다고 한다.

그들은 자신들을 찾아 날아온 그 새의 날개를 황홀하게 바라보고 있다.

왜냐하면, 이전에 그들은 그 날개에 대해 듣기만 했지, 본 적이 없었기 때문이었다.

그들은 슬픈 눈으로 그 날개를 들여다보면서 물었다. "우리 새가 지닌 행복을 **빼앗은**, 우리 같은 새의 유일하고도 중요한 일을 **뺏어버린** 이곳으로, 이 슬픈 땅으로 당신은 왜 날아왔어요? (*)

Bird Happiness

They say, there are islands in the world with no winter, there is not even autumn, only eternal summer there. Having narrowed its eyes and folded the wings, it liked dreaming of those distant lands, of damp mosses in the fern thickets, of very hot stones heated with the sun and insects hiding under them from the heat. It was a bird, it had big strong wings, had flown to a lot of lands, but it had never been to this strange land. And its homeland, this harsh, variable land, it is so merciless to it – so many times frost froze it, gripped it like in a vise, and caused pain in its bones; so many times a strong wind threw it in the sky in all directions as if it were a rag doll; so many times rain flooded its home and it had to build hard at least some retreat; so many times it had to escape from the clutches of carnivorous animals, which even now are on the watch for it, and are not taking their eyes off it; so many times it had to leave its warm nest and to make away all over the place from the first frosts. But the bird survived everything, it withstood, as it always remembered, always knew that somewhere the land of eternal summer, the happiness, that it deserved, was waiting for it. In those moments it was flying high to the sky and rushing like an arrow, passing through clouds. It heard its heart beating and wind sliding on its feathers, it was happy.

And one autumn the bird stopped just dreaming, it decided to go there, to the lands of warm trade winds and strange animals. It left everything having said goodbye to its unfair land forever, and set forth. Many weeks on end the bird was flying, without knowing a rest, it saw sometimes noisy woods, sometimes fields scorched with the sun, sometimes bare unassailable rocks, sometimes endless immense water below, and once in the distance, at the end of large water it saw a land. That was it, its land of eternal summer dreamed for a long time, the land of bird happiness. Why was it not born here at once, or at least did not dare come here earlier, much earlier?

Finally, the bird folded his wings, and its legs touched the warm sand, golden sand, as it seemed to it at first sight. The bird entered the shady thickets hoping to see local birds. They are so lucky, it thought, trying to find out with its look at least someone, they are favorites of fortune, chosen among the millions like us. And suddenly it sees them, sees and understands that it is the saddest sight in the world. The local birds are careless and cumbrous, they have no one to defend themselves against, they have nowhere to fly, they have no wings, because they have never needed them. They are thought to be birds, but everybody affirms, they are just giant fruit, just kiwi. They are looking at its wings rapturously, because before they had only heard about them, but never seen, are looking in its eyes with their sad eyes and ask why it has come here, to this sad poor land, which deprives a bird of its only important thing, which deprives a bird of bird happiness.

Birda Feliĉo

Oni diras, ke estas insulo, kie ne estas sezono de vintro, kaj ne estas aŭtuno eĉ sur tiu insulo, kaj ĉiam estas nur somero.

'Kun la okuloj strabitaj, kun la flugiloj kunmetitaj, li vidas vivi en lando, kiu rigardas la malproksimon, kun la malseka musko en la filikaj arbustoj, kun la brulantaj ŝtonoj de la suno, kaj la insektoj, kiuj kaŝas sin de la brulanta varmego.' -Mi revas.

Li estis neniu alia ol birdo.

La birdo havis grandajn kaj fortajn flugilojn, sed kvankam ĝi flugis super multajn landojn, ĝi neniam estis en tia stranga lando. Kaj ĉi tiu hejmo, kie li loĝis, ĉi tiu kruda kaj ĉiam ŝanĝiĝanta lando, la birdo opiniis, ke ĝi estas tro senkompata.

Tro ofte, kiam frosto trafas la birdon, ĝi frostas, kaptas ĝin kiel viŝilon kaj rompas siajn ostojn. En la aero, fortaj ventoj ofte forpuŝis la birdon kiel ĉifonpupo. Tro ofte, kiam torrente pluvas, la birdnesto malsekiĝas pro la pluvo, kaj almenaŭ kelkaj ŝirmejoj devas esti pene rekonstruitaj. Tro ofte la birdo luktis por eviti la tenon de sia predanta predanto. Do tro ofte la birdo devis haste forlasi sian varman neston aŭ unuan frostan neston.

Sed la birdo venkis ĉiujn malfacilaĵojn kaj pluvivis, kaj ĉiam pensis kaj rememoris, ke la feliĉo, la feliĉo, kiun ĝi meritas, atendas ie en la lando de eterna somero. Tuj kiam tiu penso okazis, la birdo ŝvebis alte en la ĉielon, ŝargante kiel sago tra la nuboj. La birdo ĝojis aŭdi sian koron bati kaj la venton gliti tra sia plumo.

Iun aŭtunan tagon, la birdo ĉesis sonĝi kaj decidis iri al lando kun varmaj alizeoj kaj strangaj bestoj.

La birdo adiaŭis landon, kie ĉio estis konsiderata maljusta, kaj ekvojaĝis.

Pasis kelkaj semajnoj kaj la birdo flugis senhalte. Iafoje la birdo povis vidi bruan arbaron, foje povis vidi la teron sekigita de la brulanta suno, foje povis vidi tute nepenetreblajn fortikaĵajn rokojn, foje povis vidi grandan fluon da akvo fluanta senfine malsupre, kaj eĉ de malproksime, La birdo povis tuj vidi ĉe la fino de la granda akvo estis ses korpoj.

Tiu loko, la lando de la eterna somero longe revita, estis la lando de feliĉo por birdoj. -'Kial li unue ne naskiĝis ĉi tie, aŭ almenaŭ kial li ne venis ĉi tien multe pli frue?'-tiel pensis tiu birdo.

Fine la birdo kunmetis siajn flugilojn, kaj unuavide ĝiaj piedoj tuŝis pecon da varma sablo, ora sablo. La birdo volis iri en la ombran kreskaĵon kaj renkonti la lokajn birdojn. La birdo esperis, ke per siaj propraj okuloj li povas vidi almenaŭ unu el la multaj birdoj ĉi tie. La birdo scivolis, kiom bonŝancaj estas la birdoj ĉi tie, kiel bonŝancaj ili estas, kaj kiom bone ili estas elektitaj el milionoj da birdoj kiel ni.

Sed subite la birdo vidis la birdojn ĉi tie. La birdo konstatis, ke ilia aspekto estas la plej malĝoja vidaĵo en la mondo.

La birdoj de ĉi tiu loko estis senzorgaj kaj sovaĝaj, havis neniun por defendi sin de aliaj estaĵoj, havis nenien por flugi kaj havis neniujn flugilojn. Ĉar ili ne plu bezonas siajn flugilojn. Ili pensas, ke ili estas birdoj, sed tute ne, ili diras, ke ili estas same kiel la giganta frukto, la **kivio**.

Ili rigardas kun ekstazo la flugilojn de la birdo, kiu flugis serĉante ilin.

Ĉar antaŭe, ili nur aŭdis pri la flugilo kaj neniam vidis ĝin.

Ili demandis, rigardante en la flugilojn per malgajaj okuloj: "Kial vi flugis al ĉi tiu malĝoja lando, kie oni forprenis la feliĉon de niaj birdoj, la sola grava afero de birdo kiel ni?

5. 백 가지 소원, 조랑말과 금붕어

옛날 옛적에 조랑말 한 마리가 살았단다.

그 말은 바람처럼 빨랐고, 화창한 아침처럼 즐겁게 생활하고 있었단다. 그런데, 어느 날, 그 말은 풀을 뜯으러 들판으로 가, 즙이 많고 가장 맛난 풀을 찾아 온종일 쏘다니다가 그만 길을 잃어버렸다. 말은 자신이 어디까지 왔는지도 전혀 알지 못했음도 알아차리지 못했다. 말은 주위를 둘러보았지만, 자신이 살던 집도 보이지 않고 그가 걸어왔던 길도 더는 보이지 않았다.

그 조랑말은 고개를 들어 자기 앞을 보았다.

그때 갑자기 산비탈 계곡에서 뭔가 반짝이는 것을 보았다. 말이 더 가까이 다가가 보았다. ─작은 호수가 하나 여기에 알려지지 않은 채 있구나!

말은 온종일 최상의 먹이를 구하러 돌아다니느라 지쳤고, 또한 자기 머리 바로 위에서 태양이 뜨겁게 내리쬐고 있었다.

말은 작은 호숫물을 마시려고 물 위로 몸을 숙였다. 물은 차갑고 수정처럼 맑았다.

그런데, 갑자기 누군가 그 말에게 말을 걸기 시작했다.

─나의 샘에서 물을 마시지 말아요, 조랑말 당신은. 내 아기 수백 명이 지금 여기서 수영하고 있거든요. 이 애들을 당신이 다 삼켜버릴까 걱정이어요. 당신이 이 물 다 마시지 않으면, 제가 3가지 소원을 들어줄게요.

그 말에 놀란 그 조랑말은 금붕어 한 마리가 있음을 발견하였다. 조랑말은 햇살에 비친 그 아름다운 금붕어 모습을 보고는, 그 금붕어의 어린 자식들에게 미안함을 느꼈다.

-네가 원하는 대로 할게, 물고기야. -조랑말이 말했다.-나는 더는 네 샘물을 마시지 않을 게.

-그럼 첫 소원을 말해 봐요.

-이 들판에 가장 즙 많은 풀이 무성하게 자라, 내가 집에 돌아갈 때까지 내가 즐거이 먹을 수 있도록 가장 향기로운 꽃도 피어 있으면 좋겠어.

조랑말은 주저도 없이 말했다.

-그래. 알았어요.

물고기가 그렇게 말하자마자, 모든 곳에 꽃이 피고 향기로운 냄새도 맡을 수 있었다. 조랑말은 이 모든 것을 한 번 쳐다보고는, 기분이 상쾌해졌다.

-그럼, 둘째 소원을 말해 봐요!

금붕어가 말했다.

-내 발굽에 있는 편자를 순은으로 만들어 줘. -조랑말은 행복하게 연이어 말했다.

 그러자 그때 햇볕 아래의 그 말의 네 발굽이 은빛으로 반짝이고 있었다. 이제 그 조랑말은 옆에 놓인 돌 하나를 발로 차 보았다. 그러고도 그 발굽은 손상이 난 곳이 없이 반짝거리고 있었다.

-이제, 당신은, 세 번째 소원을 말해 봐요.

조랑말은 사려 깊어졌고, 자신이 원했던 모든 것이 이미 있었지만, 또 다른 원하는 게 있다.

-난 주인님이 있었으면 좋겠어.

그 조랑말이 진지하게 말했다.

금붕어가 그를 뚫어지게 쳐다보았다.

-이상한 소원이네요. 어느 동물도 그런 소원을 내게 부탁하지 않았지만, 당신이 원하는 대로 해줄게요.
금붕어가 그렇게 말하고, 태양 아래 마지막으로 한번 황금빛 비늘을 반짝이고는, 어두운 물속으로 사라졌다.

조랑말은 잠시 그 호숫가에 서 있다가, 들판으로 달려, 집으로 가는 길을 찾았다.
조랑말은 풀밭이 가득한 곳을 지나면서 네 발에 붙은 은색 발굽 편자에 충분한 찬사를 보냈다. 그러고는 그는 이제 자신의 마구간을 향해 올라가고 있지만, 주인님은 아직 보이지 않고, 아무도 그를 만나러 오거나 부르는 이가 없었다. 금붕어가 그를 속였구나 하고 생각했다.
조랑말이 마구간으로 들어가서는 매우 뜨거운 태양을 피해 그냥 쉬면서 자신도 위로했다.

그런데, 갑자기 그 마구간 출입문이 그의 뒤에서 덜-커-덕하고 닫혔다. 마구간의 어둠 속에서 채찍이 철-썩 때리자, 그 말은 자신의 피부가 번갯불처럼 뜨거움을 느꼈다. 조랑말은 이리저리로 달아나 보았지만, 그 조랑말이 내뺄 곳이 없었다.
-오로지 사방은 황량한 벽만 있었다. 그래서, 그 말은 순종적으로 자신의 머리를 숙였다. 그랬더니, 그 조랑말이 셋째 소원으로 빌었던 그 남자 주인의 손길이 그 조랑말의 목에 닿았다. 남자는 자신의 손을 뻗어, 그 말의 목을 껴안는 것이 아니라, 자신이 가진 밧줄을 말의 목에 묶으려고 하였다.
-여기 이 사람이, 조랑말아, 네 주인이거든.
그 주인은 조랑말의 목을 밧줄을 채우고는, 은색 발굽 편자도 뺏어, 마치 말이 자유로이, 아무에게도 속하지 않는 것처럼, 그렇게 자유로이 어디론지 앞으로는 내빼지 못하도록 만들었다.

그날부터 말에게는 시련의 삶이 시작되었다.

거의 매일 말은 자기 등에 채찍을 맞아야 했고, 들판에서 기진맥진해질 때까지 열심히 일해야 했고, 쟁기와 수레 무게를 알게 되니, 자신이 꿈꾸기만 했던 풀밭은 저 멀리 가 있었다. 하지만 어느 날, 말은 마구간에서 간신히 탈출에 성공했다. 그는 마구간 출입문으로 돌진해 그 출입문 빗장을 끌어내렸다. 그러고는 그는 들판으로, 온 힘으로 들판으로 달려갔다! 그는 온 힘을 다해, 주변을 보지도 않은 채 내달렸다. 그는 가능한 한 그곳, 그 호수가 있던 자리로 가능한 빨리 가고 싶었다.
이제 그는 호숫가에 서서, 숨을 내쉬고는 입김도 내쉬며, 물속을 들여다보고 있다. 비록 그 물은 깨끗하지만, 바닥은 보이지 않는다. 바닥이 너무 멀었다.

-나를 찾고 있는 거예요?
조랑말은 이전처럼 똑같이 아름답고 빛나는 그 금붕어를 보았고, 금붕어도 그 말에게 미소도 지어 보였다.
-금붕어야, 정말 너를 찾아왔어. 너무 가엽게도, 주인님이 내 인생을 비참하게 만들고 있어. 나는 소원을 잘못 빌었어.
말은 그런 말을 하더니, 쓰디쓴 울음을 터뜨렸다.
-슬퍼하지도 말고 눈물도 흘리지 말아요. 제가 당신이 그리

되도록 만들어서 미안해요. 그러니, 제가 한 번 더 도와줄게요. 이번에는 무슨 소원을 빌어보겠어요?

그 말을 들은 조랑말은 자신을 진정하고 또 울음을 그치며, 물고기를 바라보며 말했다

-나는 다시 자유로워지고 싶어. 나는 아무도 나를 때리지 않게 하고, 일하도록 강요하지도 않고, 목줄에 묶여 어디로 가야 하는 것도 싫고, 지시에 따라야 하는 것도 원하지 않아.

-그럼, 조랑말 님. 이제 당신 집으로 돌아 가 봐요. 걱정은 그만 하고요.

금붕어는 그 말을 하고는, 이전에도 그랬듯이, 물속으로 가라앉아 버렸다.

조랑말은 금붕어에게 아주 고맙다고 말하고 싶었지만 그럴 시간이 없었다. 그는 뜀박질을 통해 집으로 돌아갔고, 너무 행복하고 안도했다.

조랑말은 집으로 달려와 마당으로 들어갔다. 그는 안심하고, 아무도 그를 때리지 않았고, 아무도 그를 꾸짖지도 않은 채로, 마구간으로 들어갈 수 있었다.

그러나 마구간은 비어 있었다.

마구간 여물통에는 향기 나는 건초도 없고, 깨끗한 물이 담겨 있어야 하는 물통도 비어 있었다.

겨우 며칠이 지났지만, 조랑말은 주인의 보살핌을 간절히 원했고, 주인이 따뜻한 손으로 주던 귀리도 없고, 꼬리와 갈기를 빗질해주는 이도 없었다. 말은 혼자 살아가는 것이 슬프고 배가 고팠다.

그 조랑말은 다시 고개를 푹 숙이고, 들판을 지나 작은 호수

쪽으로 다시 비틀비틀 걸어갔다. 그는 호수에 와서 호숫가에 발을 디뎠고, 그곳에 그 금붕어가 있었다.

-또 무슨 일이에요, 조랑말 님?

-다시 한번 너에게 돌아오니 내가 부끄럽네, 금붕어야. 나는 주인님 없이는 살 수 없어. 나는 그에게 강하게 익숙해, 연관이 되어 있기에, 그 주인님을 다시 데려오고 싶어.

-그게 확실해요?

-이번엔 그래.

-그럼, 집에 가 봐요. 모든 게 조랑말, 당신이 원대로 될 거에요.

조랑말은 집을 향해 달렸고, 즐거운 마음으로 그 출입문까지 왔다. 마당에 거의 들어서지도 않았는데, 주인이 너무 고통스럽게 그 조랑말에게 채찍질하니 말의 눈가에 눈물이 고였다. 그 말은 놀라 벌떡 일어나, 다시 도망칠 준비를 하였지만, 너무 늦었다. 그 말은 마구간의 거대한 사슬에 갇힌 채 앉아 있어야 했다. 주인은 그를 이전보다 더 많이 일하도록 강요했고, 조랑말은 더 많은 땅을 갈아야 했고, 말이 끄는 수레는 이전보다 훨씬 더 무거워졌다. 조랑말은 자신의 운명에 다시 불평했지만, 어떤 식으로든 그 운명에서 벗어나지 못했다.

하지만 마침내, 다시 기회가 생기자, 조랑말은 주인의 코 밑에서 뛰쳐나와, 들판으로 재빨리 내달렸다. 그 조랑말은 그 금붕어를 찾아가 다시 주인의 손아귀에서 자신을 구해달라고 요청했고, 그리하여 다시 그 주인에게서 벗어났다. 하지만. 다음에는 또 그 금붕어를 만나서는, 이번에는 또다시 주인을 데려와 달라고 간청하였다. 그런 식으로 그 말은 주인에게 붙들려 있다가도 달아나기를 수십 번 되풀이 되었다.

여름이 가을로 바뀌고, 가을이 겨울로 바뀌었다.
첫 추위가 닥치고 첫서리가 내렸다.
조랑말은 점점 더 슬퍼지고 금붕어는 점점 더 어두워졌다.
그렇게 그 둘의 만남은 그들의 마지막 만남이 있기 전까지 줄곧 그러했다.

-또 조랑말, 당신이네요.
조랑말은 물속을 들여다보았지만, 금붕어는 단번에 그를 알아차리지 못했다.
금붕어는 더는 햇빛에 반짝거리지도 않고, 더는 아름다운 모습으로 눈부시지도 않았다. 그 금붕어의 방향을 조절하는 지느러미는 흐릿해졌고, 비늘은 너무 어두워 호수의 탁한 물과 합쳐졌다.
-그래, 또 나, 조랑말이야.
그 조랑말은 지친 목소리로 말했다.
-이번엔 정말 다시 주인님을 데려오고 싶은가요?
-그래, 물고기야, 이번엔 네가 거절할까 걱정이야.
-불쌍하군요. 당신은 오랫동안 내게 가족이 되었어요. 당신을 도우려고 노력할게요. 하지만 당신이 원하는 대로 그런 일이 일어날지는 이제 모르겠어요. 제게는 힘이 점점 줄어들고 있어요. 이 세상에 제가 있을 수 있는 시간도 거의 얼마 남지 않았거든요.
-왜 그렇게 빨리 늙어 버렸어? 나는 금붕어는 100년까지 산

다고 들었어.

조랑말은 동정심에서 나온 눈물을 참을 수 없었다.

-나는 그런 몇 년을 위해 산 것이 아니라, 조랑말, 당신의 백 가지 소원을 들어주려고 살아왔어요. 하지만 당신은 자신이 뭘 원하는지 모른 채 너무 자주 제게 왔었어요. 조랑말 님, 이번이 당신에게 주는 일백 번째 소원이에요. 그러니 집에 가요, 이젠 집으로 가 봐요. 또 우리도 이젠 작별 인사해야 해요.

금붕어는 그 말을 남기고, 그 말과 작별하고, 호수 바닥으로 내려갔다.

조랑말은 쓸쓸하게 울면서 집으로 갔다.

그 조랑말이 마당으로 들어가면서 고통스러운 첫 번째 매질을 당할 준비를 했지만, 놀랍게도, 아무도 만나지 못했다.

조랑말이 마구간에 들어서니, 마구간은 춥고 어두웠다. 채찍을 대신한 바람이 휘파람을 불었다. 추위와 두려움에 떨며 그 말은 첫 밤을 보냈다.

다음 날 아침이 되었다.

낯선 사람들이 와서 그 조랑말을 마차가 있는 곳으로 끌고 갔고, 그 마차는 무겁지 않았다. 왜냐하면, 그 마차 안에는 장작도 곡물 자루도 없었다. 대신 마차에는 말의 주인이 실려 있었다. 그 조랑말은 그 마차를 끌고 병원까지 가게 되었다.

다시 조랑말에게는 새로운 삶이 시작되었다.

주인은 그 조랑말에게 심한 일도 시키지 않았고, 또 그리 좋은 음식도 내주지 않았다. 온종일 휘파람 소리 같은 바람소리만 들리고, 병든 주인의 비명소리만 들렸다.

그런데 어느 날 밤이었다.

밤은, 주인이 없을 때처럼, 아주 조용하고 조용했다.

그 조랑말이 자신의 마구간에서 나와, 주인집으로 다가가, 창문 안으로 자신의 머리를 밀어 넣었다. 그 창문 바로 아래 주인이 누워 있는 것이 보였다.

주인은 창백하게도 달빛 아래 침대에 누워 있었다. 그 침대에는 조금 열린 창문을 통해 들이닥친 눈이 어느 정도 쌓여 있었다.

조랑말은 자신의 몸을 굽혀 오랫동안 자신의 콧구멍으로 따뜻한 증기를 내뿜어, 바로 주인의 몸 위로 쌓인 눈을 녹여주었다.

그러나 주인은 여전히 자신의 두 눈을 뜨지 않았다.

그런데, 마침내 주인은 그렇게 애쓴 조랑말의 목에 포옹하고는, 여윈 양어깨를 떨면서 울먹였다.

-내 사랑, 조랑말, 나를 따뜻하게 해 줘, 나를 얼어 죽지 않게 해 준 것에 대해 고맙구나. 나는 내가 정말 외롭다고 생각했지만, 네가 있다는 걸 잊어버렸구나. 네가 내 유일하고도 진정한 친구이구나. 나를 구해줘 고마워. 내가 너를 너무 잔인하게 때리고, 열심히 일하도록 강요한 것을 용서해 주게. 나는 그저 네가 저 들판으로 끊임없이 도망치던 것을 벌주고 싶었을 뿐이야. 나는 네가 거친 말이라고 생각했어. 나는 너를 잘 다루고 싶었단다. 하지만 이제부터는 모든 것이 달라질 거야. 우리는 조화와 평화 속에서 살 거야. 우리는 서로를 도우며 살아갈 거야.

그 말에 조랑말은 또 한 번 큰 울음을 터뜨렸다.

조랑말은 자신의 소원 일백 가지가 생각나고, 또 그 소원을 들어준 금붕어가 그 말의 소원 때문에 죽음을 맞이했다는 사실에 애통함과 금붕어에 대한 그리움이 사무쳤다.

조랑말은 너무 늦게 이제야 깨달았다.
-소망이란 혼자 힘으로만 성취될 수 있다는 사실을.
조랑말은 더욱 그리움에 사무쳤다.(*)

One Hundred Wishes, or A Tale of the Small Horse and the Goldfish

Once upon a time there lived one Small Horse, and he was as fast as the wind, and as jolly, as a sunny morning. One day, the Small Horse went to the field to graze, so he walked and walked looking for juicy and the most delicious grass and did not even take notice that he strayed so far and had no idea where he was. The Small Horse looked about, but his house and the path he had followed was no longer in sight. The Small Horse looked in front of himself – when suddenly he saw: there was something shining in the valley between the hills, he came closer – but a small lake had hidden itself here! The Small Horse was tired from his trip, and the sun was very hot just above his head as well, he bent over the water to drink it, and it was cold and crystal-clear, but suddenly someone began to speak to him from there.

– Don't drink any water from my spring, Small Horse, hundreds of my babies are swimming here, I'm afraid, you may swallow them, and if you don't drink, I'll fulfill your three wishes for that.

The amazed Small Horse looked at the Goldfish, at her sunny beauty, and he felt sorry for her little children.

- Let it be as you wish, Fish, - the Small Horse said
- I won't drink from your spring.
- Then make your first wish, Small Horse.
- May the most juicy grasses grow luxuriantly in this field and may the most flagrant flowers bloom in order that I may regale myself with them when I'm coming back home, - the Small Horse said without hesitation.
- Well, - as soon as the Fish said, everything around broke into bloom and began to smell fragrantly.
The Small Horse had a look at all this and became cheerful.
- The second wish - said the Fish again.
- I want horseshoes of pure silver, - the Small Horse said happily. He said - and silver was glittering under his hooves in the sun then. He kicked a stone - and it was sparkling.
- And now your third wish, Small Horse.
The Small Horse became thoughtful, everything he wanted, he had already, but there was something else.
- I want to have my Master, - he said seriously.
The Fish looked at him intently.
- What a strange wish, Small Horse, animals had never asked me for such a thing, but let it be as you wish - the Fish said, and her golden scales sparkling

- 76 -

in the sun for the last time, she disappeared in the dark water.

The Small Horse stood on the shore for a while and then ran into the field to look for the way home.

He has already been full up with grasses and admired the silver horseshoes enough, he is coming up to his stable now, but the Master is still not in sight, nobody is meeting and calling him. The Fish must have deceived him.

The Small Horse entered the stable, consoled himself, because he was hidden from the very hot sun, and wanted just to lie down to rest, but suddenly the door closed clattering behind him, a whip slapped in the twilight of the stable and burned his skin with fire in a flash. The Small Horse took to his heels, and there was nothing to run to - only bare walls around, the Small Horse bent his head obediently and felt hands of that man, who had been meant in his third wish, on his neck, but those hands were not stretching to hug his neck, but to put a rope around his neck and to tether the Small Horse. Here is, Small Horse, your Master - meet him. He has tethered you, pulled out the silver horseshoes that you may not run anymore, where you want, as if you were free, as if you belonged to nobody.

From that day a hard life began for the Small Horse.

Almost every day he felt the whip on his back, worked hard to the point of exhaustion in the field, knew the weight of both a plow and a cart, and about far fields of grasses he could only dream then.

But one day the Small Horse managed to escape from the stable. He rushed to the gate – and pulled down the gate. And then to the field, with all his might to the field! The Small Horse ran without stint, without looking about and without seeing anything near him. He wanted to get to it, to the lake, as soon as possible. And here he is on the shore, standing, puffing and blowing, peering into the water, although it is clean, and he can't see the bottom, the bottom is too far.

– You are looking for me, aren't you, Small Horse?

The Small Horse looked, and that was the Fish, the same beautiful, the same radiant one, as before, giving her smile to him.

– I'm looking for you, Fish, save me, as I'm so poor, that Master is making my life miserable, I made the wrong wish, – the Small Horse said and burst of bitter crying.

– Don't grieve and don't shed tears, Small Horse, I feel sorry for you, so be it – I'll help. Say, what is your wish this time.

Horse calmed down and stopped crying, looked at the

Fish and said:

- I want to be free again, I don't want anybody to beat me and to force me to work, to tether and to give me instructions where to go.

- Well, Small Horse, come back home and don't worry about anything, - the Fish said and sank into the water as before.

The Small Horse wanted to thank the Fish very much, but didn't have time for it. He went home at a jog trot. And he was so happy, so relieved. The Small Horse came running home, entered the yard, he is fine, nobody is beating him, nobody is scolding him, he came up to the stable - but the stable was empty, there was neither fragrant hay in the manger nor a bucket of clean water. Only a few days passed, but the Small Horse yearned for his Master's care so much, he was short of oats in the master's warm hand and he was lack of a comb for his tail and mane, and the Small Horse became sad and hungry to live alone.

He hung his head and shambled to the field towards the small lake. He came to the lake, set foot on the shore, and there the Fish was:

- What's the matter again, Small Horse?

- I'm ashamed to turn to you again, Fish, but I can't live without my Master, I have got strongly accustomed to him, become related with him, I want to bring him back.

- Are you sure of it, Small Horse?

- I am this time.

- Well, go home, everything will be as you wish.

The Small Horse ran home, came to the gate joyfully. He had scarcely entered the yard, when the Master whipped him so painfully that even tears welled up in his eyes. The Small Horse jumped up in surprise and was ready to run away again, but it was too late. He was sitting on a massive chain in the stable, and the Master forced him to work even more than before, the Small Horse took to till more land, the carts he was put into became even heavier. The Small Horse complained of his lot, but he failed to break free in any way. But once he got a chance again, the Small Horse rushed out from under the Master's very nose and bolted into the field. He asked the Fish to save him from the Master again and then missed him again, asked the Fish to bring him the Master back again and then escaped from him. This went on many times. Autumn changed summer, and winter changed fall. The first colds and the first frosts came. Each time the Small Horse was becoming ever sadder and the Fish ever dimmer. So it had been, until the time of their last meeting came.

- Is it you again, Small Horse?

The Small Horse looked into the water, but did not notice the Fish at once, she didn't sparkle in the sun anymore, did not dazzle eyes with her beauty anymore, her rudder was seedy and scales were so dim that they merged into the turbid waters of the lake.

- Yes, it's me again, - the Small Horse said in a tired voice.

- Do you really want to bring your Master back again?

- Yes, Fish, I do, but I'm afraid that you will refuse me this time.

- I pity you, Small Horse, you have become family to me for so long, I'll try to help you, but I don't know if it happens as you want, because my forces are lessening, there remains little for me to be in this world.

- Why have you grown old so quickly? I heard that goldfishes live up to one hundred years, - the Small Horse could scarcely hold back his tears out of pity.

- I had to live to on hundred, not years, but wishes. But you came to me too often, Small Horse, without knowing what you want. And now I'm fulfilling your and my hundredth wish. So go home, Small Horse, go and farewell, - the Fish said and went to the bottom.

The Small Horse went home crying bitterly. He entered the yard and was ready to take the first painful beat, but, surprisingly, no one met him. The Small Horse went into the stable, where it was cold and dark, and instead a whip, the wind was whistling. So, trembling with cold and fear, the Small Horse spent the first night, and in the morning strangers came and put him into the cart, and that cart was not heavy, because there was not any firewood and there were not any sacks of grain in it, but his sick Master was who he carried to hospital. And a new life began for the Small Horse again, without hard work, but without good food as well. There was only whistling of the wind all day and screaming of the sick Master. But one night it was quite quiet, so quiet, as it used to happen when the Master was not there. The Small Horse got up, came up to the house, pushed his head into the window and saw the Master just beneath the window, he was lying on the bed, so pale in the moonlight, covered with some snow from the slightly opened window. The Small Horse bent over him, stared long, breathing out the warm steam from his nostrils to the Master's body until the snow melted, but the Master did not open his eyes. The Master embraced his neck and cried, shuddering with his gaunt shoulders.

- My dear Small Horse, thank you for having warmed me, for not letting me be frozen, I thought that I was very lonely but I have forgotten that I have you. My only true friend, thank you for saving me. Forgive me that I beat you so cruelly, that I forced you to work hard, I just wanted to punish you for your incessant running away into the field, I thought you were wild, I wanted to handle you. But now everything will be different. We will live in harmony and peace: we will help each other.

The Small Horse also burst out crying, he felt bitter that he had killed the Goldfish with his wishes, bitter, that realized so late that his wishes he could fulfill only by himself.

Cent Deziroj, aŭ Ĉevaleto kaj Orfiŝo

Iam vivis ĉevaleto. Ĝi estis tiel rapida kiel la vento, kaj li vivis feliĉe kvazaŭ en suna mateno. Tiam, iun tagon, la ĉevaleto eliris sur la kampon por paŝti, kaj kuris la tutan tagon serĉante la sukan kaj plej bongustan herbon ĝis ĝi perdiĝis. La ĉevaleto eĉ ne sciis de kie ĝi venis, nek sciis. La ĉevaleto ĉirkaŭrigardis, sed ne povis vidi la domon, en kiu li loĝis, nek la vojon, sur kiu li iris.

La ĉevaleto levis la kapon kaj rigardis antaŭ ĝi.

Tiam subite li ekvidis ion brilantan en la montara valo. La ĉevaleto proksimiĝis kaj rigardis. – Malgranda lago restis ĉi tie nekonata!

La ĉevaleto estis laca pro kuri por serĉi la plej bonan manĝaĵon dum tuta tago, kaj la suno batis rekte super la kapo de la ĉevaleto.

La ĉevaleto kliniĝis super la akvo por trinki el la malgranda lago. La akvo estis malvarma kaj kristale klara.

Tiam, subite, iu komencis paroli kun la ĉevaleto.

–Ne trinku akvon el mia fonto, ĉevaleto. Centoj da miaj beboj naĝas ĉi tie nun. Mi timas, ke vi englutos ilin ĉiujn. Se vi ne trinkos ĉi tiun tutan akvon, mi plenumos al vi viajn tri dezirojn.

Surprizita de la vortoj, la ĉevaleto trovis orfiŝon. La

ĉevaleto rigardis la belan orfiŝon en la sunlumo. La ĉevaleto kompatis la junajn infanojn de la orfiŝo.

-Mi akceptu vian diron, fiŝo. -diris la ĉevaleto.-Mi ne plu trinkos vian fontakvon.

-Do diru al mi vian unuan deziron.

-Mi esperas, ke ĉi tiuj kampoj kreskos la plej sukajn herbojn, kaj la plej bonodoraj floroj ekfloros, por ke mi povu ĝui ilin ĝis mi alvenos hejmen.

La ĉevaleto diris senhezite.

-Bone. mi vidas.

Tuj kiam la fiŝo diris tion, ĉie floris floroj kaj ili sentis la bonodoron. La ĉevaleto rigardis ĉion ĉi foje, kaj sentis sin refreŝita.

-Do, diru al mi vian duan deziron! diris la orfiŝo.

-Faru la hufumon de mia hufo el pura arĝento. - diris la ĉevaleto ĝoje. Li daŭrigis.

Tiam sub la suno la kvar hufoj de la ĉevaleto brilis arĝente. Nun la ĉevaleto piedbatis ŝtonon kuŝantan apud ĝi. Kaj tamen, la hufo brilis sen difekto.

-Nun diru al mi vian trian deziron, ĉevaleto.

La ĉevaleto fariĝis pli pripensema, kaj jam havis ĉion, kion li volis, sed estis io alia, kion li volis.

-Mi dezirus havi mian majstron.-li diris serioze.

La orfiŝo fikse fiksrigardis lin.

-Estas stranga deziro. Neniu besto iam petis min fari tian deziron, sed mi faros kion vi volas.

Dirante tion, la orfiŝo ekbrilis unu lastan oran skvamon sub la suno, kaj malaperis en la malhelan akvon.

La ĉevaleto staris sur la bordo de la lago dum momento, poste kuris en la kampon kaj trovis sian vojon hejmen.

La ĉevaleto sufiĉe laŭdis la arĝentajn hufumojn ligitajn al siaj kvar piedoj dum ĝi veturis tra la herba areo. Tiam ĝi nun supreniras al sia stalo, sed la mastro ankoraŭ ne estas vidita, kaj neniu venis aŭ vokis al li renkonte. Li pensis, ke la orfiŝo trompis lin.

La ĉevaleto iris en la stalon kaj nur ripozis de la tre varma suno, konsolante sin. Tiam, subite, la pordo al la stalo estis krakfermita malantaŭ ĉevaleto. Dum la vipo batis en la mallumo de la stalo, la ĉevalo sentis sian haŭton varmegan kiel fulmo. La ĉevaleto kuris tien kaj reen, sed havis nenien por eltiri ĝin. –Ĉiuj flankoj estis sen elirejo. Do, la ĉevaleto obeeme klinis sian kapon. Tiam, la mano de la vira posedanto, kiun la ĉevaleto preĝis por la tria deziro, tuŝis la kolon de la ĉevaleto. Anstataŭ etendi la manon kaj brakumi la kolon de la ĉevaleto, sed etendante sian manon, la viro provis ligi sian ŝnuron ĉirkaŭ la kolo de la ĉevaleto.

– Ĉi tiu ulo estas via mastro.

Li ligis la nukon de la ĉevaleto per ŝnuro, kaj prenis la arĝentan hufumon, tiel ke la ĉevalo estis libera, kvazaŭ ĝi apartenus al neniu, por ke ĝi ne povu esti eltirita ie ajn en la estonteco.

Ekde tiu tago komenciĝis vivo de suferado por la ĉevaleto.

Preskaŭ ĉiutage oni devis vipi la ĉevaleton en la dorson, kaj multe laboris ĝis elĉerpiĝo sur la kampoj, kaj kiam li sciis la pezon de la plugilo kaj la ĉaro, la herbo, pri kiu ĝi nur sonĝis, estis malproksime.

Sed unu tagon, la ĉevaleto sukcesis eskapi el la stalo. Ĝi kuris al la stalpordo kaj tiris malsupren la klinkon sur tiu pordo. Tiam ĝi kuris al la kampo, al la kampo per sia tuta forto! Ĝi kuris per ĉiuj fortoj, sen ĉirkaŭrigardi. Ĝi volis tien kiel eble plej rapide alveni al la loko, kie estis la lago.

Nun ĝi staras apud la lago, elspiras kaj elspiras, rigardas en la akvon. Kvankam la akvo estas klara, la fundo estas nevidebla. La fundo de la akvo estis tro malproksime.

- Ĉu vi serĉas min?

La ĉevaleto rigardis la orfiŝon, same belan kaj brilan kiel antaŭe, kaj la orfiŝo ridetis ankaŭ al la ĉevaleto.

-Orfiŝo, mi vere venis por trovi vin. Tiel kompatinda, mia mastro faras mian vivon mizera. Mi malĝuste faris deziron.-Kiam la ĉevaleto diris tion, ĝi eksplodis en maldolĉaj larmoj.

-Ne malĝoju kaj ne ploru. Mi bedaŭras, ke mi faris vin tiel. Do, lasu min helpi vin ankoraŭ unu fojon. Kian deziron vi ŝatus ĉi-foje?

Aŭdinte tion, la ĉevaleto trankviliĝis, ĉesis plori kaj rigardis la fiŝon kaj diris:

-Mi volas esti libera denove. Mi ne volas, ke iu min batu, mi ne devigas min labori, mi ne ŝatas iri ien per ŝnuro, mi ne volas esti sekvata.

-Nu, do. Nun reiru al via domo. Ne zorgu.

La orfiŝo diris tion kaj, kiel antaŭe, sinkis en la akvon.

La ĉevaleto volis danki vin al la orfiŝo, sed por tio ne estis tempo. Ĝi revenis hejmen saltante, kaj ĝi estis tiel feliĉa kaj trankviligita.

La ĉevaleto kuris en la domon kaj eniris la korton. Ĝi estis trankviligita kaj povis eniri la stalojn sen iu ajn bati ĝin aŭ riproĉi ĝin.

Sed la stalo estis malplena, krom ĉevaleto.

Ne estis bonodora fojno en la staltrogo de la stalo, kaj la sitelo, kiu devis enhavi puran akvon, estis malplena. Nur kelkaj tagoj pasis, kaj la ĉevaleto sopiris pri la zorgado de sia posedanto, kaj ne estis alveno el la varmaj manoj de la posedanto, neniu faris kombi ĝiajn voston kaj kolhararon. La ĉevaleto estis malĝoja kaj malsata vivi sola.

Ĝi denove klinis la kapon kaj ŝanceliĝis reen tra la kampoj al la lago. Ĝi venis al la lago kaj metis la piedojn sur la bordon, kie estis la orfiŝo.

-Kio okazas?

-Mi hontas denove reveni al vi, orfiŝo. Mi ne povas vivi sen mia mastro. Mi forte alkutimiĝis al li kaj mi estas ligita, do mi volas revenigi mian mastron.

-Ĉu vi certas?

-Jes ĉi-foje.

-Nu do, ni iru hejmen. Ĉio estos kiel vi deziras.

La ĉevalet kuris al la domo kaj venis al la pordo kun ĝojo. Ĝi apenaŭ eĉ eniris la korton, kaj larmoj fluis en la okuloj de la ĉevaleto, kiam la posedanto tiel dolore vipis la ĉevalon. La ĉevalo surprizite eksaltis kaj prepariĝis denove kuri, sed estis tro malfrue. Li devis sidi enfermita en la grandegaj ĉenoj de la staloj. La mastro devigis lin labori pli ol antaŭe, la ĉevaleto devis plugi pli da tero, kaj la ĉevalĉaroj fariĝis multe pli pezaj ol antaŭe. La ĉevaleto denove plendis pri sia sorto, sed ĝi neniel eskapis de sia sorto.

Sed fine, kiam la okazo denove aperis, la ĉevaleto elsaltis el sub la nazo de sia mastro kaj rapidis sur la kampon. Ĝi petis la orfiŝon savi sin denove el la teno de sia mastro, kaj tiel ĝi denove eskapis de sia mastro. Tamen, poste, ĝi petegis la orfiŝon revenigi lin denove.

Tiamaniere, la ĉevaleto estis tenita fare de sia posedanto kaj eskapis dekduojn ree kaj denove.

Somero fariĝis aŭtuno, kaj aŭtuno fariĝis vintro.

Venis la unua malvarmo kaj falis la unua frosto.

La ĉevaleto fariĝis pli malĝoja kaj la orfiŝo pli kaj pli malheliĝis.

Do, la renkontiĝo inter ambaŭ daŭris ĝis ilia lasta renkontiĝo.

- Estas vi denove.

La ĉevaleto rigardis en la akvon, sed la orfiŝo ne tuj rimarkis lin.

La orfiŝo ne plu briletis en la suno, ne plu brilis pro sia beleco. La stirnaĝiloj de la orfiŝo paliĝis, kaj la skvamoj estis tiel malhelaj ke ĝi kunfandiĝis kun la malklara akvo de la lago.

-Jes, estas mi denove, la ĉevaleto.

La ĉevaleto diris per laca voĉo.

-Ĉu vi vere volas revenigi la posedanton ĉi-foje?

-Jes, fiŝo, mi timas, ke vi diros 'ne' ĉi-foje.

-Mi bedaŭras. Vi estas mia familio dum longa tempo. Mi provos helpi vin. Sed nun mi ne scias, ĉu ĝi okazos tiel, kiel vi volas. Mia forto malpliiĝas. Restas tre malmulte da tempo por mi esti en ĉi tiu mondo.

-Kial vi maljuniĝis tiel rapide? Mi aŭdis, ke orfiŝo vivas ĝis 100 jaroj.

La ĉevaleto ne povis reteni la larmojn de kompato.

-Mi ne vivas tiel de jaroj, mi vivas por plenumi viajn cent dezirojn. Sed vi tro ofte venis al mi sen scii, kion vi volas. Diru, ĉi tiu estas la centa deziro, kiun mi donas al vi. Do iru hejmen, iru hejmen nun. Kaj nun ni devas adiaŭi.

La orfiŝo forlasis la ĉevalon, adiaŭis la ĉevaleton kaj malsupreniris al la fundo de la lago.

La ĉevaleto iris hejmen plorante amare.

La ĉevaleto prepariĝis por ricevi doloran unuan batadon kiam ĝi eniris la korton, sed je sia surprizo, neniu estis trovita.

Kiam la ĉevaleto eniris la stalon, estis malvarme kaj mallume. La vento, kiu anstataŭis la vipon, fajfis. Tremante pro malvarmo kaj timo, la ĉevaleto pasigis la unuan nokton.

Estis la sekvanta mateno.

Fremduloj venis kaj kondukis la ĉevaleton al la kaleŝo, kiu ne estis peza. Ĉar en la vagono estis nek brulligno nek grensakoj,sed, anstataŭe, la kaleŝo estis ŝarĝita kun la posedanto de la ĉevaleto. La ĉevaleto trenis la ĉaron al la hospitalo.

Denove la ĉevaleto komencis novan vivon.

La mastro faris nenion severan al la ĉevaleto, nek donis al li bonan manĝaĵon. La tutan tagon ĝi povis aŭdi nur la bruon de la vento, kiel fajfilo, kaj nur la kriojn de la malsana posedanto.

Sed unu nokton estis.

La nokto estis tre kvieta kaj kvieta, kiel en la foresto de la posedanto. La ĉevaleto eliris el sia stalo, iris al la domo de sia mastro kaj enŝovis sian kapon en la fenestron. Mi vidis la posedanton kuŝanta ĝuste sub la fenestro.

La mastro kuŝis sur la lito sub la lunlumo, pala. La lito havis certan kvanton da neĝo, kiu falis tra la iomete malfermita fenestro.

La ĉevaleto kliniĝis, elblovante varmajn vaporojn el siaj naztruoj dum longa tempo, tuj varmigante la neĝon, kiu formiĝis sur sia posedanto.

Sed la majstro ankoraŭ ne malfermis la okulojn.

Sed, fine, la posedanto brakumis la kolon de la ĉevaleto, kiu tiom laboris, kaj ploris kun tremantaj ŝultroj.

-Mia amo, ĉevaleto, dankon pro tio, ke vi varmigis min, pro ke mi detenis de frosto ĝis morto. Mi pensis, ke mi estas vere soleca, sed mi forgesis, ke vi estas tie. Vi estas mia sola vera amiko. Dankon pro savi min. Pardonu min, ke mi batas vin tiel kruele kaj devigas vin multe labori. Mi nur volis puni vin pro via konstanta eskapo en tiujn kampojn. Mi pensis, ke vi estas severa, Mi volis trakti vin bone. Sed de nun ĉio estos malsama. Ni vivos en harmonio kaj paco: ni vivos helpante unu la alian.

Ĉe tiuj vortoj, la ĉevaleto ankaŭ eligis laŭtan krion.

La ĉevaleto rememoris cent dezirojn siajn, kaj la fakto, ke la orfiŝo kiu plenumis ĝiajn dezirojn mortis pro la deziroj de la ĉevaleto plenigis sin per funebro kaj sopiro al la orfiŝo.

La ĉevaleto rimarkis tro malfrue nun:

-La fakto, ke deziro estas atingita nur per la propra forto.

La ĉevaleto eĉ pli sopiris.

6. 도마뱀과 그 꼬리 이야기

어느 무더운 여름날, 도마뱀은 자신의 몸을 식히려 산속의
샘으로 달려갔다. 도마뱀은 그 샘의 가장자리에 있는 돌 위
로 기어 올라가서는 아주 오랫동안 샘물을 내려다보고 있
었다.

그런데 도마뱀은 갑자기 자신의 온몸이 찌릿하니 아픔을 느꼈다. 도마뱀은 몸을 급히 움직이려 했으나, 성공하지 못했다. 도마뱀은 주위를 살펴보니, 살쾡이 한 마리가 무섭게 이글거리는 두 눈을 치켜뜬 채 보고 있는 것이 아닌가.

그러는 찰나, 살쾡이가 자신의 날카로운 발톱으로 도마뱀의 꼬리를 덮치자, 도마뱀은 이젠 죽었다고 생각해, 자신의 꼬리를 내버려 두고는, 걸음아 날 살려라하며 정말 빨리 내뺐다. 도마뱀은 돌아볼 겨를도, 다른 생각을 할 겨를도 없이 자신의 온 힘을 다해 내뺐다. 도마뱀은 먼저 가장 풀이 많이 있는 풀밭으로, 다음에는 이슬을 머금은 축축한 풀 위로, 그 다음엔 뾰쪽한 가시 위로 내뺐고, 또 이끼를 따라 미끄러지고, 그리고는 비탈에서 아래로 몸을 굴려 겨우 바위들이 여럿 있는 곳에까지 올라갔다.

그렇게 도마뱀은 자신이 어디까지 와 있는지를 모를 만큼 저 멀리 내달렸다.

그곳에서도 도마뱀은 바스락거리는 마른 낙엽 밑으로 파고 들어가, 주변의 소리에 귀 기울이며 다시 숨을 내쉬기 시작했다.

그렇게 해서, 도마뱀은 주변이 잠잠한지 자세히 듣고 살피면서 어둠을 향해 한참 노려보더니, 그제야 자신을 위협하는 것이 아무도 없음을 확인하고 안도할 때까지 그렇게 일정 시간 동안 가만히 앉아있었다.

주위에 아무 위협이 없음을 알아차린 뒤, 도마뱀은 마침내 기어 나와, 낮의 햇살에 두 눈을 반쯤 감고 신선한 공기를 즐기고 있었다.

그러고는 도마뱀은 자신의 작은 네 발로 기어 자신이 가장 잘 먹는 식물의 싹들을 더듬고, 먹잇감인 기어가는 개미들을 찾아보려 했다.

그렇게 하루 이틀 또 며칠이 지나자, 도마뱀에게는 새 꼬리가 생겨났다. 도마뱀은 살아 있음과 기쁨을 누릴 수 있는 것 같지만, 그게 아니었다. 하루하루를 보내도 도마뱀은 더 우울해지고 더욱 슬펐다. 도마뱀은 자신의 새 꼬리를 보자, 그 꼬리가 지난날 자신이 달고 다니던 옛 꼬리에 비해 좋지도 않고, 힘도 센 것 같지도 않고, 새 꼬리에 보이는 반점들도 이전의 꼬리에 비해 반짝이지도 않았다.

그런 생각을 하며 도마뱀은 평화로운 마음을 지니지도 못한 채로 새 꼬리와 함께 잠들고 또 깼다.

그러던 어느 날, 도마뱀은 이제 자신에게도 용기가 생겨, 천천히 기어가 보기를 시도했고, 자신이 방금 내달려온 방향이 맞는지 확인도 해보고, 나중에는 더 빨리 기어가니, 마침내 기어서 달리기에는 어느 정도 자신이 생겼다.

도마뱀은 확신을 가지고서 자신의 옛 꼬리를 다시 찾아 지녔으면 했고, 동시에 거의 물릴 뻔한 그 살쾡이를 생각하면 얼음 같은 두려움도 가득 찼다.

이제 도마뱀은 그 샘으로 다시 가까이 갈 수 있었다.

도마뱀이 자신의 발 한 쪽을 바위 위에 올리는 찰나, 뒤편의 마른 나뭇가지들에서 바스락거리는 소리가 들려왔다. 도마뱀은 두려움에 떨면서, 그곳에서 가장 멀리 내뺐다. 왜냐하면, 그 살쾡이가 그 도마뱀을 목표로 몰래 오고 있음을 알아차렸기 때문이다. 다시 도마뱀은 달리고 또 달리면서 결코 이곳엔, 평생에 더는, 다시 이곳엔 오지 않으리라 스스로 다짐했다.

그런데도, 또 어느 정도 시간이 지나자, 옛 꼬리에 대한 생각이 도마뱀에게 다시 떠올랐다.

도마뱀은 자신이 싫어하는, 자신의 몸에 생긴 새 꼬리를 보자, 세상이 이젠 이 도마뱀을 싫어하는구나 하고 생각했다. 그러자, 다시 도마뱀은 전에 잃어버린 자신의 옛 꼬리를 찾으러 가 볼 용기가 생겼고, 이젠 도마뱀은 어떤 위험에도 굴복하지 않을 태세였다.

저 멀리서조차도 도마뱀은 이제 그 샘을 볼 수 있고, 용기를 내어, 자신의 몸을 앞으로 향했다. 그 샘 앞에서야 비로소 숨을 한번 쉬고는, 도마뱀은 주변을 살펴보았다. 그러나 도마뱀 자신이 찾던 그 꼬리는 어디에도 보이지 않았다.

그때 도마뱀은 그 샘의 가장자리로 기어가, 그 샘의 물속을 들여다보았다. 그랬다. 그 꼬리가 그곳에, 그 옛 꼬리가 그리도 아름답게, 그리도 귀중하게 물속에 있는 것이 아닌가.

지금 당장이라도 도마뱀은 자신의 옛 꼬리를 물에서 꺼내, 자신의 새 꼬리를 버리고 옛 꼬리를 다시 붙이리라 다짐했다.

도마뱀은 물속을 다시 내려다보면서 그 아름다움에 찬탄했지만, 그 찬탄만으로는 만족할 수 없었다. 그래, 그걸 꺼내는 것만 남았다.

도마뱀은 이제 물속으로 뛰어들었다.

그런데 도마뱀이 그 샘의 바닥에 닿자, 비로소 물속에 있는 것이 자신의 옛 꼬리가 아님을 알게 되었다. 그것은 물에 비친, 새로 생긴 꼬리인 것을 알게 되었다. 이제 도마뱀은 깊은 물 속에서 땅 위로 올라오는 것만 남았다.

물 밖의 땅에는 이미 살쾡이가 그 도마뱀을 기다리고 있었다.(*)

A Tale of a Lizard and Its Tail

Once a Lizard ran to a mountain spring to cool down on a hot summer day. It climbed on the extreme stone, was lost in contemplation of the water, and suddenly a sharp pain ran through its entire body. The Lizard twitched to escape, but could not. It looked round and saw eyes of a Lynx, terrible, glowing eyes. Just its sharp claws were thrust into the Lizard's tail. The Lizard even thought that its death had come for it, but grasped in time, left its tail and ran as quickly as it could. It ran at full speed, without looking back, without thinking about anything. It was rushing down into the densest thickets, wet dewy grasses, prickly blackthorns, sliding along the slippery mosses, rolling down along the slopes, clambering on the bare rocks up, until it came so far that it did not even know where it was, it buried itself into dry rustling leaves and began to recover its breath hearkening. So, listening to the silence and staring into the darkness, it was sitting for some time until it was convinced that nothing threatened it. Just then it finally got out, squinting in the daylight and reveling in the lightness of the fresh air. The Lizard minced with its small legs searching sprouts of its favorite plants and crunchy ants. So the day passed, and another one passed, so a lot of days passed, the Lizard grew a new tail, you'd think, it could just live and be happy, but no - with each passing day the Lizard got sadder and sadder. It looked at its new tail and it seemed to be not as good as the old one, not so strong, and the spots on it were not as bright as on the old one. The thoughts about it did not leave it in peace, the Lizard was falling asleep and waking up with it. And one day it ventured nevertheless, first slowly and hesitantly it crept in the direction where it only recently had ran away from, then increased its speed until it turned completely into running. It ran, determined to take back its old tail and at the same time being full of icy fear of that beast that almost had murdered it.

And there the Lizard is near the same spring, it put one foot on a stone, but then heard some crackle of dry branches behind, the Lizard roused itself with fear and dashed off as far as possible from there, as knew that the Lynx was stealing up to it. Again the Lizard ran away, and fleeing it promised to itself to return there never more, never as long as it lives. Some time passed, and again thoughts of the old tail began to torment the Lizard, again the world was unloved when it looked at the new disliked one. And again the Lizard resolved to return for it, but that time it intended not to stop before any dangers.

Even from far away the Lizard saw the spring, plucked up its courage and rushed forward. Only at the lake, regaining its breath, it began to look round, but did not see its tail anywhere. Then the Lizard stepped on the very border of the lake and looked into the water. Behold, it was there, in the water, its old tail, so beautiful, so dear. Right now it would take its tail out, throw the new tail out and take the old one with it. The Lizard admired it, peering into the water, and could not admire enough. There remained only to take it out. The Lizard dashed down into the water, but only when it got to the bottom, it realized that it was not its old tail in the water, but a reflection of the new one. Now there remained only to get out of the deep lake on the land where the Lynx was already waiting for it.

lacerto kaj ĝia vosto

Iam varmegan someran tagon lacerto alkuris al monta fonto por malvarmiĝi. Ĝi rampis sur la randan ŝtonon, tre longe rigardis la akvon, kaj subite akra doloro penetris ĝian tutan korpon. La lacerto faris abruptan movon por eskapi, sed ne povis. Ĝi ĉirkaŭrigardis kaj ekvidis la okulojn de linko, terurajn, brilantajn okulojn. Dume ĝiaj akraj ungegoj eniĝis en la voston de la lacerto, kiu eĉ pensis, ke morto jam venis por ĝi, sed ĝi tamen ĝustatempe pripensis, forlasis sian voston kaj forkuris tiel rapide kiel ĝi nur povis.

Ĝi kuregis el ĉiuj siaj fortoj, sen retrorigardi, sen pensi pri io ajn. Ĝi ĵetis sin en la plej dikajn densejojn, malsekajn rosajn herbojn, pikajn dornojn, glitis laŭ muskoj, ruliĝis sur deklivoj malsupren, grimpis supren laŭ nudaj rokoj, ĝis alkuris tiom malproksimen, ke ĝi eĉ ne sciis, kien ĝi trafis, ĝi enfosiĝis en sekan susurantan foliaron kaj komencis respiri fiksaŭskultante. Tiel, aŭskultante la silenton kaj fikse rigardante la mallumon, ĝi sidis dum iom da tempo ĝis konvinkiĝis, ke nenio minacis ĝin. Ĝuste tiam ĝi finfine elrampis, duonfermante la okulojn pro la taga lumo kaj ĝuante ftreŝecon de la aero. La lacerto trotetis per siaj etaj kruroj serĉante ĝermojn de plej ŝatataj de ĝi plantoj kaj krakeblajn formikojn. Tiel pasis la tago, kaj la alia pasis, tiel pasis multaj tagoj, la lacerto kreskigis novan voston: ŝajnus, ke ĝi povus vivi kaj ĝoji, sed ne – kun ĉiu pasanta tago la lacerto iĝis ĉiam pli malĝoja kaj pli malgaja. Ĝi rigardis sian novan voston, kaj tiu ŝajnis esti ne tiel bona kiel la malnova, ne tiel forta, kaj makuloj sur ĝi ne estis tiel brilaj kiel sur la malnova. La penso pri tio ne lasis ĝin en trankvilo, la lacerto endormiĝis kaj vekiĝis kun ĝi. Kaj unu tagon ĝi tamen trovis en si kuraĝon, komence ĝi rampis malrapide kaj malcerte en la direkton, de kie ĝi nur ĵus estis forkurinta, poste ĝi plirapidigis sian iradon, ĝis ĝi komencis kuri. Ĝi kuris, plena de firmeco repreni sian malnovan voston kaj samtempe plena de glaciiga timo al tiu besto, kiu apenaŭ murdis ĝin.

Kaj jen la lacerto estas proksima al tiu fonto, ĝi metis jam unu piedon sur ŝtonon, sed tiam ekaŭdis krakon de sekaj branĉoj malantaŭe, la lacerto ektremis pro timo kaj forkuris de tie kiel eble plej foren, ĉar ĝi sciis ke la linko ŝteliris al ĝi. Denove la lacerto forkuris, kaj forkurante, promesis al si neniam plu reveni tien, neniam plu dum sia vivo. Pasis iom da tempo, kaj denove pensoj pri la malnova vosto komencis turmenti la lacerton, denove la mondo estis malfavora por ĝi, kiam ĝi rigardis la novan malŝatatan. Kaj denove la lacerto kuraĝis reveni por la malnova vosto, sed tiutempe ĝi intencis ne atenti ajnajn danĝerojn. Eĉ demalproksime la lacerto ekvidis la fonton, trovis kuraĝon kaj ĵetis sin antaŭen. Nur ĉe la lago, respirante, ĝi komencis ĉirkaŭrigardi, sed nenie vidis sian voston. Tiam la lacerto paŝis sur la bordon de la lago kaj rigardis en la akvon: jes, ĝi estas tie, en la akvo, ĝia malnova vosto, tiel bela, tiel kara. Ĝuste nun ĝi elprenos sian voston, forĵetos la novan voston kaj kunprenos la malnovan. La lacerto admiris ĝin, rigardante en la akvon, kaj ne povis admire kontentiĝi. Restis nur elpreni ĝin. La lacerto ĵetis sin en la akvon, sed nur kiam ĝi atingis la fundon, ĝi komprenis, ke tio ne estis ĝia malnova vosto en la akvo, sed reflekto de la nova. Nun restis nur eliĝi el la profunda lago sur la landon, kie la linko estis jam atendanta ĝin. (Palivoda tradukis)

7. 두더지

옛날에 두더지가 살았다. 그는 아주 열심히, 아주 힘들게 일
을 해서 쉴 시간조차 없었다.

그는 땅속에서 굴을 파고, 낮에도 밤에도 굴을 파느라 쉼이 없었다. 그는 자신의 발에 피가 다 날 정도로 저 단단한 땅을 뚫으려고, 또 자신이 가진 발톱이 다 닳을 정도로 그렇게 세게 긁으며 굴을 파고 또 파기만 하였다.

두더지는 앞으로 향해 빨리 움직이면서도, 더 빨리 일을 해내기를 원하자, 사방의 땅이 그를 압박해 왔다. 그런 압박을 그는 자신의 온몸으로 지탱해가며 일하였다. 그러니 그의 비단 같은 털은 땅에 할퀴어 상처 나고, 닳고 닳았다. 그런데도 그는 이에 굴하지 않았다. 나중에는, 그의 털이 거의 빠지고, 나중에 그 자리에 새로 털이 생겼다.

두더지는 그래도 파는 일을 계속했다.

더욱 수많은 땅굴이 그 두더지 뒤로 만들어졌으나, 그의 앞은 똑같이 막힌 벽만 있었다. 두더지는 그 벽을 두들기고, 또 쳐서 자신이 만들어 가는 굴이 더욱 길어지기만 고대하였다.

두더지의 눈은 어둠의 색을 제외하고는 다른 색은 인식할 수 없고, 두더지의 콧구멍은 축축한 땅의 내음을 제외하고는 다른 내음은 몰랐다. 두더지는 그렇게 일만 했다. 왜냐하면, 곧 그의 아이들이 이 세상에 태어난다는 것을 아니까.

그렇게 아들이 셋 생기자, 두더지는 이전보다 더 힘든 일을 했다. 왜냐하면, 그는 살아가야 하고, 자신이 돌봐야 하는 자식들도 생겼기 때문이다. 두더지는 어떻게 숨 쉬는가도 잊은 채, 숨을 쉬듯이 파고 또 팠다.

매일, 매 순간.

그래서 두더지는 자신이 만들어온 굴을 더 넓혀, 자신의 자식들이 자기 몸에 상처를 입지 않게, 그렇게 사방의 땅이 그 자식들의 털을 그렇게 무자비하게 누르지 않게 해놓았다. 그렇게 해 두고서도 두더지는 여전히, 자식들이, 만일 아버지인 그는 비록 누리지 못한 운명이라 하더라도, 무엇이 공간인지, 무엇이 자유로움인지 느끼게 해 주고 싶었다.

이제 자식들도 자라, 그들도 일을 시작했고, 아버지 일을 따라 일했고, 아버지를 도왔다.

"얘들아, 얘들아."

이제 늙어버린 그 두더지가 말했다.

"나는 너희들이 더 쉽게 살아갈 수 있도록 내 온 삶을 다해 굴을 만들어 놨단다. 뒤를 한번 돌아보렴. 이미 수백 수천 킬로미터 길이의 드넓은 굴을 내가 구불구불하게 만들어 놓은 것을 봐. 저 굴에서 생활하면서 대대손손 이어가게나."

"아, 아니에요, 아빠."

아이들은 반대했다.

"저희는요, 아빠가 만들어 놓은 굴을 원하지 않아요. 저희는 저희의 것을 갖고 싶어요. 저희는 저희만의 굴을 만들어, 그곳에서 따로 살면서, 저희는 따로 가족을 만들 것이고, 자식을 이 세상에 내놓을 거예요."

"그래, 그것도 좋구나."

두더지는 그동안의 일로 인해 피곤하고 고통 속에 있었으나, 그가 해야 할 일이 더 있었다.

"만일 너희가 내가 만든 굴을 원하지 않아도, 적어도 내가 해 주는 이 말은 너희도 유용했으면 한단다."

그래서, 늙은 두더지는 자식들에게 어떻게 빨리 또 어느 방향으로 파야 하는지 그 방법을 알려 주었다. 그러고는 그 늙은 두더지는 일을 피하지 않고, 자신의 이빨로 온 힘으로 땅을 갉아 파내면서도, 자식들이 하는 일을 여전히 도와주었다.

그렇게 일만 하니, 땅이 그를 숨쉬기조차 허락하지 않을 정도로 만들어 버렸고, 그의 콧구멍도 막힐 정도였다.

'평생 노예처럼 일만 했네. 드넓은 굴을 파기만 했네. 나는 이 굴을 넓히는 일에만 집중했으니, 이 바닥에서 숨 막혀 죽을 지경이 되었네'

그렇게 두더지는 생각하고는, 자신의 운명에 몸을 낮추었고, 그의 몸에 둔 긴장을 풀면서 자신을 둘러싼 주변의 흙의 온전한 무게를 겸손하게 받아들였다. 그러나 혼자 죽는다는 것은 씁쓸하기에, 자신이 죽기 전에 자식들이라도 한 번 더 보고 죽고 싶었다.

두더지는 다시 기운을 차리고서, 온몸의 근육을 긴장시키고 난폭하게, 자신의 몸도 개의치 않고 검은 땅속을 파고 들어갔다.

자신이 가진 마지막 안간힘까지 써버린 그 두더지는 그래도 자신이 하는 일을 놓지 않았다. 하지만 그는 자신이 일찍이, 젊을 때 파오던 속도보다 더 빨리는 파지 못했다. 그래서 두더지는 자신이 하는 일에 너무 골몰해 움직였고, 좀 더 높은 쪽을 팠기에 그만 길을 잃어버렸다.

그래도 두더지는 이제 자신이 가진 마지막 힘을 다해, 막판에 온 힘을 다해 파니, 마침내 지표면을 뚫을 수 있게 되었다. 좋은 내음의 신선한 공기가 그의 콧구멍에 닿았고, 그렇게 그 세찬 공기에 현기증을 일으킬 정도였다. 마침내 두더지는 이전에는 전혀 상상해 보지 못했던 땅 위의 색깔을 보았다. 그래서 그는 하늘을 바라보았고 자신의 두 눈에 눈물이 아래로 떨어졌다. 그의 마음은 하늘의 아름다움을 겨우 이해할 수 있을 정도였다.

그러나 두더지가 최고로 감동한 것은 그가 온 삶을 다해 애써 온 그 끝없는, 드넓은 공간이었다. 두더지는 자신이 일하던 그 공간을 넓히려고 자신의 삶을 다 써버렸으니. 그 공간은 단순히 그에게 주어진 것이 아님을 확실히 알았고, 그 공간을 가지려면 그만큼 많은 아픔의 노력을 해야 함을 알게 되었다.

그런데, 자신이 지금 눈앞에 보고 있는 이 공간은, 필시, 그는 도대체 이게 무엇인지를 전혀 모르겠다. 그는 평생을 다해 땅속에서 지내 왔고, 땅속을 파헤쳐 왔고, 휴식도 없이 일했지만, 이 땅 밖의 공터에 다다르기에는 겨우 몇 센티미터만 남았음을 알았다.

고개를 들어 조금 더 높이 파내기만 하면 충분했다.

'나는 마침내 이곳에 와 있고, 지금 나는 살아 있고, 내 삶을 즐길 수 있구나.'

두더지는 자식들이 얼른 생각나, 그들도 이곳을 한 번 와서 보았으면 하고, 이 모든 광경을 자식들에게 들려주고 싶었다.

두더지는 승리했고, 그는 평생 자신이 늘 원해 온 바를 마침내 싸움을 통해 쟁취했다. 두더지는 쉽게 포기하지 않았지만, 그의 몸은 이미 오래전부터 포기하고 있었다. 그는 자신을 움직여 보려 했으나 그의 몸은 이제 말이 듣지 않았다.

그는 자신의 고개를 겨우 숙이고 단단한 땅속으로 외쳤다.

"얘들아, 이곳으로 와, 내 목소리를 따라와 봐!"

하지만 자식들은 대답이 없고, 오지도 않았다.

"얘들아, 이곳으로 와 봐, 세상의 모든 아름다움이 여기에 있-어."

두더지는 두 번이나 외쳤지만, 그의 목소리는 더욱 사그라지고 힘이 없음은 알아차리지 못했다.

그래도 자식들은 오지 않았다. 그들은 아버지가 부르는 소리를 듣지 못했기 때문이다.

"얘들아, 자식들아, 너희는 이제 내 말을 듣지도 않는 것을 나는 알아. 하지만 나는 너희들이 그 굴을 따라 끝까지 와보-라-구. 내가 만든 이 마지막 땅굴을 따라 한 번 와 보-라-구."

늙은 두더지는 그렇게 자신의 마지막 말을 남기면서, 자신이 한 번도 산 적이 없던 것처럼 죽어갔다.

한편 그의 아들들은 열심히 일했다. 그런데 시간이 흐른 뒤, 그들은 갑자기 생각이 났다.

"그런데 우리 아버지는 어디로 가셨지?"
자녀들은 서로에게 물었다.

그들은 앉아서 슬픔의 시간을 조금 보내며 조용히 울먹이기 시작했지만, 아버지를 찾아 나서지 않았다. 왜냐하면, 그들은 아버지가 자신들이 사는 세상에 이미 없음을 알고 있었다.

그래서 그들은 자리에서 일어나, 다시 일을 시작해야 하고, 삶과 죽음에 대해 생각할 시간이 없었다.

그게 두더지의 삶이다. ─매일 매일 이 땅에 맞서 공간을 만들려고 벌이는 싸움이라는 그 삶.(*)

A Tale of the Mole

There lived a Mole. He toiled hard, so hard that he even had no time for resting. He dug tunnels under the ground, stopped neither by day nor at night, sank his paws into the solid ground scratching so strongly that blood stood out on them, so that he sometimes grounded off his claws utterly, but he was digging and digging. The Mole moved forward fast, but wanted to do it even faster, the ground pressed on him from all sides, resisting the Mole's body, rubbed sore his silky fell, but the Mole did not take notice of that all, his fell molted and then a new one grew. The Mole went on digging. More and more tunnels were lying behind the Mole, but there was the same blind wall in front of him, and the Mole was breaking through that wall again and again in order that his tunnels may multiply, in order that they may get longer. The Mole's eyes knew no other color, but the color of darkness, the Mole's nostrils knew no other smell, but the small of damp ground. The Mole worked hard, oh so hard, since he knew that soon his children would be born into the world. And when his three sons were born, the Mole threw himself into the hard work even more strongly, because then he had someone to live for, someone to care for. The

Mole forgot even how to take breath already, dug as breathed every day, every minute. And the Mole made his tunnels wider and wider in order that his sons should never have to rub sore their fells, as he did once, in order that the ground should not squeeze them so mercilessly in its maw, as he used to be, he wanted at least them, if he was not fated, to feel what space is, what freedom is. Here the sons have grown up, here also they have undertaken to do the work, here they are following their father and are helping him.

- Sons of mine, children of mine, - the old Mole said, - I have worked hard all my life, in order that you could live more easily, look behind you, hundreds, thousands of kilometers of wide, spacious tunnels are twisting, go and live there and continue our family line.

- Oh no, father, - the children opposed, - we don't want your tunnels, we want also to feel as owners, we want to dig our own tunnels, there remains little for us to be alone, soon we also will have our own families, soon also our children will be born.

- Well, - the Mole tired with work groaned, but what could he do, - then at least with my advice I'll be of use for you, if you don't want my tunnels.

So the old Mole began to give tips to his sons how to

dig faster and in what direction. But he did not neglect the work either, sank his paws into the ground with all his strength to help still his sons. The ground pressed on him, did not let him breathe and got into his nostrils. I have worked so all my life like mad, dug wider and wider tunnels for I sought space, but now I'll die strangled by the ground, – the Mole thought and resigned himself to his fate, his body went limp, taking humbly the weight of his native land on himself. But it was bitter to die quite alone, he wanted at least to see children once more before his death, the Mole roused himself, stretching all his muscles, dug himself desperately not sparing his body into the ground. The last remnants of forces were leaving the Mole, but the work was in full swing, he dug as fast as ever, even as in his youth he had never done, but digging in his heat the Mole forgot the way he always used to go and dug a little higher. And the Mole did the final spurt and made his way to the surface. The fragrant fresh air hit into his nostrils, and so much that even his head began to swim. And the Mole saw surface colors at last, whose existence he even had never suspected before, the Mole looked at the sky, and tears ran down from his eyes, for his mind could hardly comprehend the beauty of the sky. But most of all, the Mole was impressed by the space, the infinite, eternal space, which he had sought all his life, for widening of which he had laid his life. Because he was sure that the space is not given for any particular reason, that to have it, one must endure painful torment. And it turns out to be just here, he proves even not to know what it is. He had ruined the earth body, drilled its inside all his life, knowing no rest, there were only a few centimeters to freedom. It was enough to hold up his head and dig a little higher. I'm here at last, now I can live and enjoy my life. The Mole remembered his sons, wanted to come back to them and to tell everything. The Mole won, he gained from his life at last what he always wanted, the Mole did not give up fully, but his body had already given up long before. He tried to move, but his body did not obey. He could only bend his head down and cry out to the solid earth:

– Sons of mine, come here, go towards my voice!

But the sons did not respond and did not come.

– Children of mine, come to me, all beauty of the world is waiting for you – the Mole cried once more without noticing that his voice became ever lower and weaker.

But the sons did not come then either, because they did not hear their father.

- Sons of mine, children of mine, I know that you won't hear me anymore, I want only one thing, I want only you to go along my last tunnel to the end - the old Mole whispered and died, as if he had never lived.

His sons were working in the meantime. But a while later they bethought themselves:

- And where has our father disappeared? - they asked each other.

They sat for a while, sorrowed for some time, shed a tear quietly, but did not take to look for him, because they knew that he was no longer in the world. And they stood up, for they had to get down to work, they did not have time to meditate on life and death, such is the mole's life to battle for space against ground every day.

Fabelo pri Talpo

Iam vivis Talpo. Li laboregis peze, tiel peze, ke li eĉ ne havis tempon por ripozi. Li fosadis tunelojn subtere, ĉesis nek tage nek nokte, skrappenetris per siaj piedoj tra malmola tero tiom forte, ke sango eliĝis el ili, tiom forte, ke li foje tute eluzis la ungojn, sed li fosadis kaj fosadis. La Talpo movis sin antaŭen rapide, sed li volis ankoraŭ pli rapide, la tero premis lin de ĉiuj flankoj, rezistante al la korpo de la Talpo, forskrapadis lian silkecan felon, sed la Talpo ne atentis tion, lia felo mudis, sed poste nova kreskis. La Talpo daŭrigis la fosadon. Pli kaj pli da tuneloj kuŝis malantaŭ la Talpo, sed estis la sama netrairebla muro antaŭ li, kaj la Talpo estis trabatanta tiun muron, denove kaj denove estis trabatanta, por ke liaj tuneloj plimultiĝu, por ke ili iĝu pli longaj. La okuloj de la Talpo konis neniun alian koloron krom la koloro de mallumo, la naztruoj de la Talpo konis neniun alian odoron krom la odoro de humida grundo. La Talpo laboregis pene, ho tiel pene, ĉar li sciis, ke baldaŭ liaj infanoj naskiĝos en la mondon. Kaj kiam liaj tri filoj naskiĝis, la Talpo ĵetis sin en la pezan laboron ankoraŭ pli intense, ĉar li havis jam iujn, por kiuj li vivu, iujn, kiujn li prizorgu. La Talpo forgesis eĉ kiel retrovi spiron, li fosis kiel spiris, ĉiutage, ĉiuminute. Kaj la Talpo faris siajn tunelojn ĉiam pli kaj pli larĝaj, por ke liaj filoj neniam devu forskrapadi siajn felojn, kiel li estis farinta iam, por ke la tero ne premu ilin tiom senkompate en sia sino, kiel lin iam, li volis almenaŭ, ke ili, se al li ne estis destinite, sentu, kio estas spaco, kio estas libereco. Kaj jam la filoj kreskis, kaj ankaŭ ili eklaboris, kaj ili sekvis sian patron kaj helpis lin.

- Filoj miaj, infanoj miaj, - la maljuna Talpo diris, - mi laboris la tutan mian vivon pene, por ke vi vivu pli facile, rigardu malantaŭen, jen estas centoj, miloj da kilometroj da larĝaj, vastaj tuneloj, kiuj serpentumas, iru kaj loĝu tie, kaj daŭrigu nian genton.

- Ho ne, patro, - la infanoj kontraŭdiris, - ni ne volas viajn tunelojn, ankaŭ ni volas senti nin posedantoj, ni volas fosi niajn proprajn tunelojn, nelonge restas por ni vivi solaj baldaŭ ankaŭ ni havos niajn proprajn familiojn, baldaŭ ankaŭ niaj infanoj naskiĝos en la mondon.

- Nu bone, - suspiris la Talpo, laca kaj

elturmentita pro la laboro, sed kion li povis fari, – tiam almenaŭ per mia konsilo mi estos utila por vi, se vi ne volas miajn tunelojn.

Do la maljuna Talpo komencis doni konsilojn al siaj filoj kiel fosi pli rapide kaj en kiu direkto. Sed li mem ne evitas la laboron, skrappenetras per la dentoj en la teron tutforte por tamen ankoraŭ helpi siajn filojn. La tero premas lin, ne lasas lin spiri kaj ŝtopas liajn naztruojn. Mi laboradis dum mia tuta vivo kiel sklavo, fosadis pli kaj pli larĝajn tunelojn, ĉar mi strebis al vasto, sed nun mi mortos sufokita de la grundo, – pensis la Talpo kaj subiĝis al la sorto, lia korpo moliĝis, akceptante humile la tutan pezon de la ĉirkaŭa tero sur sin. Sed estas amare morti tute sola, li volis almenaŭ vidi la infanojn antaŭ sia morto, la Talpo ekvigliĝis, streĉante ĉiujn siajn muskolojn, ekfosis furioze, ne domaĝante sian korpon, en la nigran teron. La lastaj restaĵoj de la fortoj forlasis la Talpon, sed la laboro bolis, li fosis tiel rapide, kiel neniam pli frue, kiel eĉ en sia juneco li ne fosis, sed forgesis la Talpo en sia ardo la vojon, laŭ kiu li ĉiam moviĝis, kaj ekfosis iom pli alten. Kaj la Talpo faris la finan spurton kaj trabatis sin al la tersurfaco. La bonodora freŝa aero frapis liajn naztruojn, kaj tiel forte, ke li eĉ eksentis kapturniĝon. Kaj la Talpo ekvidis finfine la surfacajn kolorojn, kies ekziston li eĉ neniam suspektis antaŭe, la Talpo rigardis la ĉielon, kaj larmoj fluis malsupren de liaj okuloj, ĉar lia menso apenaŭ povis kompreni la belecon de la ĉielo. Sed pleje la Talpo estis impresita de la spaco, la senfina, eterna spaco, al kiu li estis strebanta sian tutan vivon, por kies plivastigo li fordonis sian vivon. Ĉar li estis certa, ke la spaco ne estas donata tiel simple, kaj ke por havi ĝin oni devas toleri dolorigan turmenton. Sed evidentiĝas, jen kie estas la spaco, evidentiĝas, ke li eĉ ne sciis, kio ĝi estas. Li tretis la sinon de la tero, boris ĝiajn internaĵojn dum sia tuta vivo, ne konante ripozon, sed ĝis la libereco restis nur kelkaj centimetroj. Sufiĉis levi sian kapon kaj fosi iom pli alten. Mi estas ĉi tie finfine, nun mi povas vivi kaj ĝui mian vivon. La Talpo rememoris siajn filojn, volis reveni al ili kaj rakonti ĉion. La Talpo venkis, li batalakiris finfine de sia vivo tion, kion li ĉiam volis, la Talpo ne kapitulacis plene, sed jam delonge kapitulacis la korpo de la Talpo. Li provis movi sin, sed lia korpo ne obeis. Li povis nur klini sian kapon malsupren kaj krii al la tera firmaĵo:

– Filoj miaj, venu ĉi tien, sekvu mian voĉon!

Sed la filoj ne respondis kaj ne venis.

– Infanoj miaj, venu al mi, la tuta beleco de la mondo atendas vin – la Talpo ekkriis duafoje, ne rimarkinte, ke lia voĉo iĝis ankoraŭ pli mallaŭta kaj pli malforta.

Sed la filoj ankaŭ tiam ne venis, ĉar ili ne aŭdis sian patron.

– Filoj miaj, infanoj miaj, mi scias, ke vi ne plu aŭdos min, mi volas nur ke vi ĝis la fino iru laŭ mia lasta tunelo – la maljuna Talpo flustris kaj mortis, kvazaŭ li neniam vivis.

Liaj filoj laboris dume. Sed post iu tempo ili subite rememoris:

– Sed kien nia patro malaperis? – ili demandis unu la alian.

Ili sidis kaj malĝojis ioman tempon, ekploris silente, sed ne serĉis lin, ĉar ili sciis, ke li jam ne estas en ĉi mondo. Kaj ili ekstaris, ĉar ili devis komenci labori, ili ne havis tempon por mediti pri vivo kaj morto, tia estas la talpa vivo: batali por spaco kontraŭ la tero ĉiutage.

(Palivoda tradukis)

=제2부=

2022년 2월 러시아의 우크라이나 침공 관련

01. 우크라이나에서 온 편지 1 <제 눈으로 직접 본 전쟁>
   (시인 페트로 팔리보다(Petro Palivoda))
02. 우크라이나에서 온 편지 2 <우크라이나에서의 전쟁 100
일을 견뎌내며> (페트로 팔리보다)

03. 폴란드에서 온 편지 1 <싸움은 어른들에게 맡겨 둬...너
는 우리 곁에서 쉬고 놀렴>
   (교사 그라지나 슈브리친스카(Grażyna Szubryczyńska))
04. 폴란드에서 온 편지 2 <폴란드 학교의 우크라이나 피난
민 가족의 상황>   (교사 그라지나 슈브리친스카)

05. 프랑스에서 온 편지 <우크라이나: 둘이 싸우면, 제3 자가
이익을 취합니다>(작가 앙리 마송(Henri Massson))

우크라이나에서 온 편지 1

(특별기고)[1]

"MILITO PER MIAJ OKULOJ"
제 눈으로 직접 본 전쟁

부산일보

"지금도 러시아군이 무고한 시민에게 총부리를 겨누고 있어요"

제 이름은 페트로 발리보다(Petro Palivoda, 62세)입니다. 우크라이나 시인이자 에스페란토 시인이고 번역 작가입니다.

---

1) *역주: 부산일보(2022년 4월 13일) 제2면 <우크라이나에서 온 편지>
   라는 제목으로 실린 자료를 옮겨 적습니다.
   http://mobile.busan.com/view/busan/view.php?code=2022041219
   311690060.

저는 제 아내와 함께 우크라이나 수도 키이우(키에프)에서 약 20km 떨어진 마을에서 살고 있습니다.

대한민국은 제게 낯선 나라가 아닙니다. 지난 3월 서울의 진달래출판사에서 우크라이나 작가 크리스티나 코즈로브스카 (Ĥristina Kozlovska)의 단편소설 『반려 고양이 플로로』(장정렬 번역)를 출간했기 때문입니다. 저는 그 작품들을 에스페란토와 영어로 번역했고, 제 번역을 한국에스페란토협회 부산지부 회보 <테라니도(TERanidO)> 편집장 장정렬 님이 한국어로 번역하였습니다. 이전에도 부산지부 회보 <테라니도>에서는 우크라이나 작가들(크리스티나 코즈로브스카, 보흐다나 예호로바 (Bohdana Jehorova), 마리아 미키세이(Maria Mikicej)의 작품(동화, 시)들이 소개된 바 있습니다.

벌써 40일 이상 이미 제 조국 우크라이나는 영웅적으로 러시아군 공격에 맞서 싸우고 있습니다. 저는 지난 2월 24일 새벽 5시에 제 아내가 나를 깨운 말- **«여보, 전쟁이 일어났나봐요»**- 을 평생 잊지 못할 겁니다.

제가 사는 집 바깥에서 폭발음이 들려왔습니다.

그날이 있기 며칠 전부터 저희는 불안한 마음으로 살아왔습니다. 미국 정부가 우리 정부에게 알려 주기를, 러시아가 우리나라를 공격할 것이라 했지만, 우리는 그런 일이 21세기에는 일어날 것으로는 믿지 않았습니다. 저는 즉시 수도 키이우에 사는 제 딸의 가족(사위, 5살과 8살의 두 딸과 함께 살고 있음)에게 전화했습니다. 그 딸 가족은 방공호에서 이틀간 숨어 지내며 공습경보사이렌을 들어야 했습니다.

그 뒤 딸 가족은 서부의 다소 안전한 제 친구 집으로 피신해야 했습니다. 그랬는데, 그 서부에도 러시아 미사일이 날아와, 제 딸 가족은, 프랑스의 한 마음씨 좋은 가정이 저희 딸 가족을 받아줘서, 그곳 프랑스로 다시 피신해야 했습니다.

Mia nomo estas Petro Palivoda. Mi estas 62-jara ukraina kaj esperanta poeto kaj tradukisto, mi loĝas kun mia edzino en vilaĝo situanta proksimume je 20 km de Kijivo (Kievo), ĉefurbo de Ukrainio.

Koreio ne estas fremda lando por mi. Lastatempe, Eldonejo Zindale en Seulo aperigis prozan libron de ukraina verkistino Ĥristina Kozlovska "Kato Floro" en tri lingvoj: korea, esperanta kaj angla. Mi esperantigis kaj angligis la verkojn en la libro, kaj tradukisto kaj redaktoro de la korea Esperanto-revuo TERanidO sinjoro Ombro-Jang koreigis ilin. Antaŭe la sama revuo publikigis en mia traduko prozajn kaj poeziajn verkojn de nuntempaj ukrainaj aŭtorinoj Ĥristina Kozlovska, Bohdana Jehorova kaj Maria Mikicej.

Jam dum pli ol kvardek tagoj mia Patrujo Ukrainio heroe rezistas al rusaj trupoj. Mi neniam forgesos la matenon de la 24-a de februaro, kiam proksimume je la 5-a horo mia edzino vekis min per la vortoj: "Leviĝu, milito estas". Ekstere estis aŭdeblaj eksplodoj. En la lastaj tagoj antaŭ la 24-a de februaro, ni vivis

- 123 -

kun maltrankvilaj atendoj, la usona registaro avertis nian registaron, ke Rusio atakos nian landon, sed ni ne povis kredi, ke tio eblas en la 21-a jarcento. Ni tuj telefonis nian filinon, kiu loĝis kun sia edzo kaj du filinoj (5- kaj 8-jara) en Kijivo. Ili kaŝis sin en la kontraŭbomba rifuĝejo dum du tagoj, kiam ili aŭdis alarmajn sirenojn, kaj poste veturis per la auto al mia bona amiko loĝanta en la okcidento de nia lando, kie estis iomete pli sekure. Sed rusaj misiloj komencis alveni tien, kaj nia filino kun la nepinoj decidis rifuĝi en Francio, kie unu familio afable kaj bonkore akceptis ilin.

2월 24일 아침에 저는 페이스북(facebook)에 이렇게 썼습니다: "공포에 떨지 맙시다! 우리는 우리나라, 내 땅에 있습니다! 하느님과 우크라이나 군인이 우리와 함께 있습니다!" 수많은 사람이, 특히 아이들을 데리고 여성들이, 더 안전한 장소로, 외국을 포함해서 피난해야 했습니다. 하지만 저와 아내는 제가 사는 마을에 남기로 결정했습니다. 저희는 저장된 채소와 통조림 음식을 준비해, 총탄이나 포탄이 투하되어는 경우에도 숨을 만한 피신처를 마련했습니다. 저희 마을에는 지역수비대가 조직되었고, 그 구성원은 군 복무 경험이 있는 남자들로 구성되었습니다. 지역수비대에 총도 지급되었습니다. 저희 마을의 입구에는 지역수비대가 총으로 무장한 채 지키고 있습니다. 도로마다 적군의 탱크가 지나가는 것을 막을 목적으로 차단목도 마련했습니다.

저희 마을은 드니프로(Dnipro) 강의 왼편 경계에 위치합니다. 인근 마을 사람들에게는 다행스럽게도, 그 경계에는 전투나 로켓 포탄이 날아오지 않았습니다. 그래서 저희 마을은 러시아군에게 점령되지 않았습니다. 가장 큰 위험한 일은 강 저 반대편에 벌어졌습니다. 그곳에는 러시아군이 수도 키이우를 쳐들어갈 시도를 했기 때문입니다. 그러나 저희 마을 집의 출입문과 창문은 포탄과 포병대 포격의 폭발음으로 매번 흔들렸습니다. 공습을 알리는 사이렌이 밤이고 낮이고 가리지 않고 연신 울려댔습니다. 지금의 수도 키이우 주변 전황은 다소 안정되었습니다. 왜냐하면, 저희 우크라이나 군대가 러시아군 공격을 막아냈고, 적들의 군대는 우리나라 동쪽과 남쪽으로 이동했기 때문입니다.

Matene de la 24-a de februaro mi afiŝis ĉe Fejsbuko: "Ne paniku! Ni estas sur nia tero! Dio kaj la Armitaj Fortoj de Ukrainio estas kun ni!" Multaj homoj, precipe virinoj kun infanoj, rifuĝis en pli sekuraj lokoj, inkluzive en eksterlando. Mi kun mia edzino decidis resti en nia vilaĝo. Ni aranĝis lokon en la kelo, kie estas stokitaj legomoj kaj ladmanĝaĵoj, por kaŝiĝi tie en la kazo de pripafado aŭ bombado. En la vilaĝo estis tuj organizita teritoria defendo, kies membroj iĝis la viroj, kiuj iam servis en la armeo. La defendanoj ricevis pafarmilojn. La enirejo kaj elirejo de la vilaĝo estas kontrolataj per ili. Vojoj estis blokitaj kontraŭ la ebla trapaso de malamikaj tankoj.

*Urbo Borodjanka. La urbo rekonsciiĝas post la
bombado. 보로단칸 시. 이 도시는 포격을 당한 뒤 재건을
서두르고 있다.(사진: 니나 크루세브스카(Nina Hruŝevska))

Nia vilaĝo situas sur la maldekstra bordo de la
Dnipro Rivero. Fortune por la vilaĝanoj, sur nia
bordo ne estis batalado aŭ raketatakoj kaj la vilaĝo
ne estis okupita de la rusaj nazioj. La plej danĝeraj
aferoj estis sur la mala flanko, kie la malamikoj
provis traŝiriĝi al Kijivo. Sed la pordoj kaj fenestroj
en niaj domoj skuiĝis pro eksplodoj de bomboj kaj
artileria pripafado. Homoj dormis vestitaj aŭ en la
keloj aŭ en relative sekuraj lokoj en siaj domoj.
Sirenoj pri eventuala aerarako sonadis konstante: tage
kaj nokte. Nun la situacio proksime de la ĉefurbo
iomete trankviliĝis, ĉar niaj trupoj subpremis la rusan
ofensivon, kaj restaĵoj de la malamikaj trupoj moviĝis
al la oriento kaj la sudo de nia lando.

공습을 당한 곳은 우크라이나 주요 군대 관련 시설물은 물론
이고, 거주지의 가옥, 병원, 조산소, 학교와 심지어 유치원도
예외가 아니었습니다. 수많은 시민이 전쟁으로 사망했고, 아
동도 마찬가지입니다. 진짜 대학살이 그들의 점령 지역에서
자행되었습니다. 마리우폴(Mariupol), 이르핀(Irpin)과 보로단
스카(Borodjanka) 와 같은 도시가 이제 전 세계에 알려지게
되었습니다. 그곳에서 러시아군은 자신의 야만적 본성을 드
러냈습니다. 온 세계가 《부차(Buĉa) 학살 만행》으로 충격을
받고 있습니다. 부차(Buĉa)는 키이우 인근 도시입니다. 러시
아 점령군은 그 도시를 전부 파괴하고 수백 명의 시민을 고
문하고 결국엔 총살해, 전례 없는 야만성을 드러냈습니다.

* Urbo Irpin. Pentristo sub ruinita ponto. 이르핀 시.
페허의 다리 아래서 그림을 그리는 화가(사진: 니나 크루세
브스카(Nina Hruŝevska))

그런 야만성과 추악함을 멎게 하는 것은 아무것도 없었습니다. 인간 존중이라든지 인권이라는 것을 저들은 모른 체했습니다. 저들은 부녀자를 강간하고, 무장하지도 않은 시민들에게도 총부리를 들이댔습니다. 시민들을 저들은 놀음의 대상으로만 말입니다. 야만적인 동물도 《해방군》이라는 이름으로 들이닥친 저들보다는 나을 것입니다. 민가의 집 안에 있던 모든 것 -TV, 컴퓨터, 세탁기, 냉장고, 다른 가정용품, 보석, 의복, 심지어 수건이나 변기용 뚜껑마저- 은 약탈해 자기네 집으로 가져갔습니다. 저들이 약탈한 물품들은, 심지어 집 지키는 개 집까지도 약탈해, 러시아군이 주둔해 있는 벨라루스(Belorusio) 땅을 통해 우편으로 러시아로 보낸다고 합니다. 제가 이 기고문을 쓰고 있을 때 러시아군이 여전히 시민들에게 총부리를 겨눈다는 메시지가 왔습니다. 저들은 이스탄데르(Iskander) 미사일로 철도역 크라마토르스크(Kramatorsk)를 공습했습니다. 50명 이상의 인명을 앗아갔고, 100명 이상의 시민이 상처를 당했습니다. 그 당시 역에는 피난하려는 시민들이 수천 명이 있었는데, 러시아군은 그 점을 이미 알고 있었는데도 말입니다. 테러와 살육만 일삼는 러시아군의 잔악무도함은 경계를 모릅니다.

우크라이나는 평화를 사랑하는 나라입니다. 우리나라는 다른 이웃나라를 한 번도 침범한 적이 없고, 앞으로도 그런 일은 없을 겁니다. 우크라이나에서는 모든 사람의 인권은 존중받고 있습니다. 하지만 러시아는 새로운 땅을 차지하려고 합니다. 그래서 푸틴(Putin)은 자신이 우크라이나를 나찌로부터 해방시키겠다고 합니다. 그에게는 나찌라는 말은 우크라이나 말을 쓰면서, 자신의 나라 영웅을 존중하고, 우크라이나 문화를 발전시키는 사람을 가리키고 있습니다. 이 말은, 러시아 측에서 보면, 거의 모든 우크라이나 사람이 나찌가 되는 셈입니다. 2014년에도 러시아는 우크라이나를 침략해 크림(Krimea) 반도와 도네츠카(Donecka)와 루한스카(Luhanska) 지방의 대부분을 점령해 있습니다. 지금 저들은 우크라이나 사람 전부를 자기네 국민으로 합병할 작정으로 하고 있습니다. 러시아 지도부는 그런 추악한 목표를 숨기지 않고 있습니다. 이것이 대학살입니다. 저들이 정말 나찌처럼 행동합니다. 러시아사람들은 우크라이나 사람들을 겁주고 전세계 공동체를 자신의 핵무기로 겁주고 있습니다. 저들은 며칠 만에 우리나라를 정복할 계획을 세웠다고 합니다.

Ne nur militaj objektoj en Ukrainio estas bombardataj kaj pripafataj, sed ankaŭ loĝejaj domoj, hospitaloj, akuŝejoj, lernejoj kaj infanĝardenoj. Multaj civiluloj estas mortigitaj, ankaŭ infanoj. Vera genocido estas realigata en la okupataj setlejoj. Niaj urboj kiel Mariupol, Irpin kaj Borodjanka estas nun konataj en la tuta mondo, tie rusaj faŝistoj montris sian bestan naturon. La tuta mondo estis ŝokita de la "Buĉa masakro". Buĉa estas urbo apud Kijivo, la rusaj monstroj detruis ĝin tute, kaj centoj da civiluloj estis torturitaj kaj poste mortpafitaj kun senprecedenca krueleco. Tiuj barbarojn kaj sovaĝulojn haltigas nenio. Homaj reguloj kaj normoj estas nekonataj al ili.

Virinoj kaj infanoj estas seksperfortataj, kaj senarmaj civiluloj estas mortpafataj. Nur por amuzo. Eĉ sovaĝaj bestoj ne faras tion, kiel tiuj tiel nomataj "liberigantoj". Ĉio estas elprenata el la domoj: televidiloj, komputiloj, lavmaŝinoj, fridujoj kaj aliaj hejmaj aparatoj, juvelaĵoj, vestaĵoj, eĉ tolaĵo kaj fekseĝoj por hejmenporti. Ĉio prirabita, eĉ budoj por hundoj, estas ankaŭ sendata al Rusio per poŝto el la teritorio de Belorusio kie ankaŭ troviĝas rusaj trupoj. Kiam mi skribis ĉi tiun artikolon, venis mesaĝo, ke rusoj plu batalas kontraŭ civiluloj. Ili trafis la fervojan stacion Kramatorsk per misilo Iskander. Pli ol 50 homoj estas mortigitaj kaj pli ol 100 homoj estas vunditaj. Ĉe la stacidomo en tiu tempo estis miloj da homoj kiu volus evakuiĝi, kaj rusaj faŝistoj sciis tion. La nivelo de krueleco de la armeo de teroristoj kaj ekzekutistoj de la Rusa Federacio ne konas limojn.

Ukrainio estas pacema lando. Ĝi neniam atakis iun ajn kaj ne estis atakonta. En Ukrainio la rajtoj de ĉiuj homoj estas respektataj. Sed Rusio volas havi novajn teritoriojn, do Putin diris, ke li volas liberigi Ukrainion de la nazioj. Por li nazioj estas tiuj, kiuj parolas la ukrainan lingvon, respektas siajn heroojn kaj evoluigas sian ukrainan kulturon. Tio estas, por rusoj preskaŭ ĉiuj ukrainoj estas nazioj. En 2014, Rusio invadis Ukrainion kaj okupis la Krimean duoninsulon kaj grandan parton de Donecka kaj Luhanska provincoj. Nun ili decidis tute likvidi la ukrainojn kiel popolon. La rusa gvidantaro ne kaŝas tiun fian celon. Ĉi tio estas genocido. Tiel agas nazioj. La rusoj timigas ukrainojn kaj la tutan mondan komunumon minacante ilin per nukleaj armiloj. Ili planis konkeri nian landon dum kelkaj tagoj.

하지만 우크라이나는 싸우고 있습니다. 우리는 이전의 그 어느 때보다도 단결되어 있습니다. 그리고 우크라이나에 사는 우크라이나어를 사용하거나 또 러시아어 사용 주민들은 저 점령군에 대항하여 싸우고 있습니다. 최근의 설문조사에 따르면, 우크라이나 주민의 약 95퍼센트가 우리 우크라이나의 승리를 믿고 있습니다. 거의 전 세계가 우리 편에 서 있습니다. 우리의 푸르고 노란 국기는 전 세계에서 볼 수 있습니다. 어디서나 "우크라이나에게 영광을! - 전쟁 영웅들에게 영광을!" 이라며 응원의 목소리가 들려 옵니다. 수많은 나라가 러시아 제제에 동참하고, 우리 피난민들을 받아주고, 우크라이나를 재정적으로, 식료품으로 또, 가장 중요한 무기로써 돕고 있습니다. 저는 우리가 승리하리라고 믿고 있습니다. 그렇지 않으면 우리는 망하기 때문입니다. **만일 우리나라가 무너지면, 그때는 러시아는 멈추지 않을 것입니다.** 저들은 자신들의 광적인 계획- 러시아 제국을 다시 세우려고- 다른 유럽과 아시아 나라들을 침략할 것입니다.

우크라이나는 전 세계의 지원이 필요합니다. 저는 대한민국
도 우리 편에 있음을 잘 알고 있고, 대한민국도 우리를 많이
돕고 있음도 알고 있습니다. 여러분은 무엇이 전쟁인지, 수년
간의 전쟁에서 어찌 살아남았는지를 잘 알고 있습니다. 그러
니, 여러분은 우리를 이해하고 있습니다. 그래서 위대한 대한
민국 국민에게 진심의 감사를 표합니다. 우크라이나를 계속
지지해 주십시오.

Sed Ukrainio batalas. Ni unuiĝis kiel neniam antaŭe.
Kaj ukrainlingvaj kaj ruslingvaj loĝantoj de Ukrainio
batalas kontraŭ la okupantoj. Laŭ la lastaj enketoj,
ĉirkaŭ 95 procentoj de la ukrainia loĝantaro kredas je
nia venko. Preskaŭ la tuta mondo estas ĉe nia flanko.
Niaj bluflavaj flagoj estas videblaj tutmonde. Ĉie estas
aŭdeblaj la vortoj: "Gloro al Ukrainio! - Gloro al
herooj!" Multaj landoj adoptis sankciojn kontraŭ
Rusio, akceptas niajn rifuĝintojn, helpas Ukrainion
per financoj, manĝaĵoj kaj, plej grave, per armiloj. Mi
certas, ke ni venkos, ĉar alie ni pereos, ĉar tiam
Rusio ne haltos, ĝi atakos aliajn eŭropajn kaj aziajn
landojn por realigi sian frenezan planon - restarigi la
Rusan Imperion.

*Urbo Kijivo. Virino en la fenestro de ruinita domo.
키이우 시. 포격을 당한 집의 창가의 여인 (사진: 니나 크루
세브스카(Nina Hruŝevska))

Ukrainio bezonas subtenon de la tuta mondo. Mi scias, ke via lando, Korea Respubliko, estas ĉe nia flanko, kaj ĝi multe helpas nin. Vi scias, kio estas milito, kiel vivi dum multaj jaroj en milito. Tial vi komprenas nin. Sinceran dankon al la granda korea popolo pro tio! SUBTENU UKRAINION!

La 10-an de aprilo 2022. 2022년 4월 10일
Petro Palivoda, Ukrainio
페트로 팔리보다, 우크라이나.

Mi ankaŭ sendas kvar fotojn de mia konatino - ukraina fotistino Nina Hruŝevska. Ili ne estis ankoraŭ aperigitaj eksterlande. Bonvolu uzi ilin, almenaŭ kelkajn, kun la artikolo, ĉar mi promesis al la fotistino, ke almenaŭ kelkaj fotoj estos aperigitaj en la ĵurnalo.Nepre indiku la nomon de la fotistino - Nina Hruŝevska - kaj la titolojn de la fotoj:

추신: 사진 4장을 보냅니다. 이 사진은 제 지인인 우크라이나 여성 사진작가 **니나 크루셰브스카(Nina Hruŝevska)**가 직접 찍은 것입니다. 이 사진들은 아직 외국의 어느 곳에도 소개 된 적이 없는 작품입니다. 이 사진 중 몇 장은 제 기고문과 함께 쓰이면 좋겠습니다. 저는 사진작가로부터 이 사진이 부산일보에 실린다는 것을 허락받았습니다. 사진이 실릴 때 꼭 사진작가의 이름과 제목을 명시해 주십시오.

*Urbo Kijivo. Kvar loĝejdomoj, infanĝardeno kaj lernejo estis detruitaj per fragmentoj de raketo. 키이우 시. 로켓포탄으로 파괴된 가옥 4채, 유아원과 학교. (사진: 니 나 크루세브스카(Nina Hruŝevska))

*부산일보(2022.04.13.)에 번역기고한 역자 장정렬

우크라이나에서 온 편지 2

Pli ol cent tagoj de milito en Ukrainio
우크라이나에서의 전쟁 100일을 이겨내며

우크라이나에 자행한 광범위한 러시아 침공은 이제 이미 100일을 넘어 섰습니다. 그 100일 이상의 나날은 러시아 점령군이 자행하는 정당화될 수 없는 살인, 잔혹한 일, 야만적인 일, 약탈과 파괴로 이어지고 있습니다.
러시아군은 수천 가옥을, 우리나라 문화유산 중 약 370점을, 또한 1,756개의 교육시설이 파괴하거나 파손하였습니다. 러시아군은 약 300명의 우크라이나 아동을 죽음으로 몰아넣었습니다.
민간인 주민들의 희생자 숫자는 정확히 알려지지 않고 있습니다. 왜냐하면, 예를 들어, 주검의 시신들은 우크라이나 도시 마리우폴(Mariupol)의 완전 파괴된 폐허 잔해물 아래서 지금도 연일 찾아낼 수 있으니 말입니다.

지난 100일간 이상을 우크라이나는 영웅적으로 러시아 침공에 맞서 싸우고 있습니다. 푸틴의 나라는 우크라이나를 며칠 만에 정복하고는 자신의 괴뢰정권을 내세워 권력을 유지할 계획을 세웠지만, 그 계획은 실패했습니다. 우크라이나 국민은 일심으로 단결해, 침략자들을 몰아내고 있습니다. 러시아 군대는 우크라이나 수도 키이우(Kijivo) 점거를 시도하다 퇴각했습니다. 지금은 러시아군대는 자신들의 공격 루트를 우리나라 동부와 남부로 향하고 있습니다.

하지만, 만일 어느 마을에 포격이 없어졌다 해도, 그게 전쟁이 끝났다는 것을 말하는 것은 아닙니다. 이 전쟁은 아직도 끝나지 않았습니다. 이 전쟁은 계속되고 있습니다. 제 가족과 저는 키이우 시 부근에 살고 있습니다. 비행기 공습 사이렌은 여전히 들려오고 있습니다. 러시아군의 로켓 공격으로 수도를 포함한 여러 도시의 수많은 시민이 죽고, 가옥들이 파괴되었습니다.

La plenskala milito de Rusio en Ukrainio daŭras jam dum pli ol cent tagoj. Pli ol cent tagoj da nepravigeblaj murdoj, kruelaĵoj, brutalaĵoj, rabado kaj detruado kiujn faras rusaj okupantoj.

Rusio detruis aŭ difektis milojn da loĝdomoj, ĉirkaŭ 370 objektojn de nia kultura heredaĵo kaj 1 756 edukajn instituciojn. Rusio mortigis ĉirkaŭ 300 ukrainajn infanojn.

La preciza nombro da viktimoj inter la civila plenkreska loĝantaro estas nekonata, ĉar, ekzemple, la korpoj de la mortintoj ĝis nun povas esti trovitaj sub la ruinoj de la plene detruita ukraina urbo Mariupol.

Dume pli ol cent tagoj Ukrainio heroe rezistas al rusaj invadantoj. Putinlando deziris konkeri Ukrainion dum kelkaj tagoj kaj doni potencon en nia lando al siaj marionetoj. Sed ĝiaj planoj malsukcesis. La ukraina popolo unuiĝis kaj repuŝis la agresantojn. Rusaj trupoj retiriĝis de Kijivo, la ĉefurbo de Ukrainio. Nun ili direktis siajn atakojn al la oriento kaj la sudo de nia lando.

Sed se forestas pafado en ies vilaĝo, tio ne signifas, ke forestas milito. Ĝi ne estas finita, ĝi daŭras. Mia familio kaj mi loĝas proksime de Kijivo. Aeraj alarmoj estas konstante aŭdataj. Rusaj raketoj atakas urbojn, inkluzive la ĉefurbon, mortigante civilulojn kaj detruante loĝdomojn.

러시아군은 민간인들도 죽이면서 잔혹한 범죄를 저지르고 있습니다. 한 예를 들면, 러시아군의 미사일 공격이 우리 남부 도시 오데사(Odeso)에까지 이어져 수많은 희생자가 생겼습니다. 그 많은 희생자 중에는 한 가족-신문기자, 그의 아내(27살), 딸(3살)과 그 기자의 어머니- 도 포함되어 있습니다. 러시아군이 3세대의 가족을 주검으로 몰았습니다. 또, 그 미사일 공격으로 제가 가르치던 제자 한 사람도 희생자가 되었습니다. -세르히(Serhij)라는 이름의 그는 4살 난 딸을 둔 청년 아빠였습니다. 그 제자는 제가 가르치던 학급에서 우수 학생이었습니다. 그 당시 저와 제 아내는 제가 사는 지역(*역주: 수도 키이우 인근의 드네푸르 강 연안지역: 2,000명 이상의 주민이 거주함)의 중학교 교사로 일했습니다. 그때 아내는 국어(우크라이나어)를, 저는 영어를 교과목으로 가르쳤습니다. 그 제자는 졸업 후, 오데사(Odeso)에서 직장을 얻어, 그 뒤

그곳에서 결혼해 생활하고 있었습니다. 그 제자가 희생을 당하던 당시, 다행히 그의 아내와 딸은 외국에 피난해 있어, 그 희생을 피할 수 있었습니다. 그 슬픈 소식이 저 흑해의 오데사에서 제가 사는 마을로 들려왔습니다. 그리고 그 제자 유해는 나중에 우리 마을 묘지에 묻혔습니다.

외국으로 피난 갔던 수많은 시민이 다시 귀국했지만, 반면에 외국에 남아 있는 어머니들이나 아동들은 고국으로 돌아올 엄두도 내지 못한 채 매일 자기 자녀들의 삶을 걱정하는 실정입니다.

학교에서의 교육도 정상화되지 못하고, 인터넷으로만 이뤄지고 있습니다. 물론, 학생 모두가 그 인터넷 교육을 받는 것은 아닙니다. 인터넷 망이 부족하거나, 뭔가 다른 중대한 이유로 그 학습에 참여하지 못하는 학생들도 있습니다. 보통은 9월 1일에 새 학년 새 학기가 시작되는데, 올해 9월에는 우리 학생들이 학교에 등교할 수 있을지, 아니면, 자신의 학급이 여전히 비대면으로 이뤄질지 아직은 명확하지도 않습니다.
어려운 상황은 교통수단용 연료 수급에도 있습니다. 왜냐하면, 적군이 그런 연료 생산 공장들을 파괴해버렸기 때문입니다.

Rusoj faras terurajn krimojn mortigante civilulojn. Ekzemple, kiel rezulto de rusa misila atako kontraŭ la urbo Odeso, ĵurnalisto, juna 27-jara virino, ŝia 3-monata filino kaj sia patrino estis inter la multaj viktimoj de tiu atako. Rusoj mortigis tri generaciojn de unu familio. Kaj sekve de tiu raketa atako ankaŭ mortis juna viro, patro de 4-jara knabino, nia iama studento, la plej bona studento en sia klaso - Serhij (mia edzino kaj mi iam laboris kiel instruistoj en nia vilaĝa lernejo, mi instruis la anglan kaj mia edzino - la ukrainan lingvon). Li loĝis kaj laboris en Odeso. Lia familio (edzino kaj filino estis tiam eksterlande). Do malĝoja novaĵo venis al nia vilaĝo el la urbo ĉe la Nigra maro. Kaj Serhij estis enterigita en nia vilaĝa tombejo.

Multaj homoj jam revenis el eksterlando, sed multaj patrinoj kun infanoj dume ne kuraĝas reveni al Ukrainio kaj riski la vivon de siaj infanoj ĉiutage.

Edukado en lernejoj estas farata interrete. Kompreneble, ne ĉiuj studentoj povas aliĝi al ĝi pro la manko de Interreto aŭ pro iu alia serioza kialo. Ne estas tute klare kiel la nova lerneja jaro komenciĝos la 1-an de septembro, ĉu studentoj iros al lernejo aŭ estos en siaj klasĉambroj nur virtuale.
Malfacila situacio restas kun fuelaĵoj por transportiloj, ĉar la malamikoj detruas la fabrikojn kiuj produktas ilin.

지금 우크라이나에는 쉬운 것은 없다고 할 수 있습니다. 매일 100-200명의 우크라이나 군인이 전장에서 목숨을 잃고,

매일 약 500명이 포탄에 부상을 입고 있습니다. 우리 국토의 충분히 큰 땅이 적의 손아귀에 점령되어 있습니다. 러시아는 이미 그런 지역을 자신의 영토로 합병하려고 합니다. 또 외국 신문 잡지에서 우크라이나 관련 기사 제목은 점차 줄어들고 있습니다. 우크라이나가 한시라도 급하게 중화기를 비롯한 군수 물자들을 외국에 지원 요청하고 있어도 말입니다. 하지만, 그렇다고 그것이 러시아군대가 우크라이나를 정복할 수 있도록 내버려 둔다는 말이 아닙니다. **왜냐하면, 그 러시아군대는 이곳 우크라이나에서 멈추지 않을 것입니다. 유럽과 전 세계가 위험에 처해 있습니다.**

우크라이나에서의 평화는 지금 뭐라 말할 수 없습니다. 우크라이나를 향한 러시아군대의 가장 위험한 장면은 지금 시작되고 있습니다. 그리고 이는 길게 계속될 것입니다. 우크라이나는 긴급하게 중화기를 비롯한 무기가 필요하고, 더욱 엄격하게 대(對) 러시아 국제 제제도 또한 필요합니다. 유럽연합(EU)이 동의한, 어려움 속에서도 러시아의 나프타(원유)-수출 금지는 마침내 효력을 발휘해야 하고, 곧 이것은 더욱 강화되어야만 합니다. 외교력을 발휘할 시간은 러시아공격이 적어도 중단될 경우에만 올 것입니다. 군대의 여름은 아주 뜨겁습니다. 모든 날이 전사자와 부상병의 숫자를 세야 합니다!

지난 2월 24일 오전 04시에 시작된 이 전쟁의 100일간, 우크라이나는 급속도로 변해 버렸습니다. 그럼에도 우리나라는 무너지지 않았고, 러시아군대 계획을 실패하게 만들어, 이 위기를 극복해 나가니, 문명화된 전 세계에, 우리나라가 진짜 성숙한 국민으로, 단합이 잘 되어 있고, 용기가 있는 나라, 또 위기를 극복할 힘을 가진 나라임을 입증해 보여주고 있습니다. 또 우리는 어떤 사람들이 이름 지었던, 또 우리가 우리를 '무능한 나라'로 여겼던 그런 나라가 아님을 보여 주고 있습니다. 러시아 점령군에 대항하는 우크라이나의 영웅적 맞섬은 계속되고 있습니다. 전 세계는 우크라이나 사람들의 영웅적 행동에 찬사를 보내고 있습니다. 수많은 희생의 피눈물이 뿌려졌지만, 우리는 전 세계에 우리가 얼마나 강한지를 입증하고 있습니다.

백일의 우크라이나의 믿기지 않을 정도의 저항은 서방의 공동체에 관심을 불러일으켰고, 유럽연합(EU)와 북대서양조약기구(NATO)를 포함해서 서방 세계에 러시아와, 그 자랑스럽게 말하는 «제2의 세계 군대»라는 러시아군이 정말 뭔지를 다시 눈뜨게 해 주었습니다. 결국, 그동안 우리 우크라이나는 세계 사람들에게 러시아 연방이란 자신들이 의도대로 되지 않음을, 동시에 러시아가 엄격하게 바른길로 자리매김하도록 모든 서방 세계에 확신하도록 도움을 주었습니다.

아무도 우리가 승리를 향해, 비록 그 길이 너무 오래 걸릴지 몰라도, 가고 있음을 의심하지 않습니다.

Ne estas facile en Ukrainio nun. Ĉiutage 100-200 ukrainaj soldatoj pereas en bataloj kaj ĉirkaŭ 500 estas vunditaj. Sufiĉe granda parto da nia teritorio estas okupata. Rusoj jam volas aliĝi ĝin al Rusio. Sed titoloj en eksterlandaj gazetoj pri Ukrainio iom post iom malaperas, kvankam Ukrainio bezonas subtenon pli ol iam ajn, inkluzive per pezaj armiloj. Tio ne estu allasebla, ke la malamiko povu konkeri Ukrainion, ĉar ĝi ne haltos tie. Eŭropo kaj la tuta mondo estas en danĝero.

Paco en Ukrainio estas nun iluzia. La plej danĝera fazo de la milito de Rusio kontraŭ Ukrainio komenciĝas nun kaj ĝi estos longdaŭra. Ukrainio urĝe bezonas pezajn armilojn, kaj ankaŭ pli severajn sankciojn kontraŭ Rusio. La nafto-embargo kun tiuj malfacilaĵoj interkonsentita de EU devas finfine ekvalidi kaj baldaŭ ĝi devos esti plifortigita. La tempo por diplomatio venos nur kiam la rusa ofensivo estos almenaŭ ĉesigita. La militsomero estos varmega. Ĉiu tago estu lalkulata!

Dum tiuj 100 tagoj – ekde la 4-a horo de la 24-a de februaro – Ukrainio draste ŝanĝiĝis, ĝi pluvivis kaj ne disfalis, malsukcesigis la planojn de Rusio, pruvis al la tuta civilizita mondo, ke ni estas vere matura nacio, unuiĝinta kaj kuraĝa, kun forta volo rezisti kaj venki, kaj ni estas ne ia "nekapabla ŝtato", kiel iuj nomis kaj reprezentis nin. La heroa konfrontiĝo de Ukrainio kun la rusaj okupantoj daŭras. La tuta mondo admiras la heroecon de la ukraina popolo.Multe da sango kaj multe da larmoj estas verŝitaj, sed ni pruvis al la tuta mondo, kiel fortaj ni estas.

Cent tagoj de la nekredebla rezistado de Ukrainio vekis okcidentajn komunumojn, malfermis iliajn okulojn, inkluzive de EU kaj NATO, pri tio, kio vere estas Rusio kaj ĝia laŭdata "Dua Monda Armeo", kaj fine helpis konvinki ĉiujn, ke la Rusa Federacio ne devas esti konvinkata, sed rigide esti metita sur la ĝustan lokon.

Neniu dubas, ke ni iras al venko, kvankam tiu vojo povas esti tro longa.

우리는 당신의 나라 대한민국의 지원을 포함해, 전 세계의 지원에 존경과 감사를 보냅니다. 그 점에 있어 다시 한 번 감사를 표하고 싶습니다. 최근 대한민국의, 여당 «국민의 힘» 이준석 대표를 비롯하여 국회의원 대표단이 수도 키이우 시 내의 수복 지역을 방문했습니다[2]. 그 대표단은 부차(Bucha) 시의 고문으로 숨진 이들을 위한 묘지도 방문했고, 이르핀

---

2) *역주::
https://espreso.tv/parlamentska-delegatsiya-respubliki-koreya-vidvidala-buchu-ta-irpin-kuleba(6월5일자 홈페이지 기사)에 «대한민국 국회대표단이 부차 시와 이르핀 시를 방문했다»고 알리고 있으며, 3장의 방문 사진이 실려 있습니다.

(Irpin) 시의 파괴된 거주지역도 방문했습니다. 여기서 러시아군 침공으로 폐허가 된 시가지의 전쟁복구 사업의 협력과 공동 프로젝트 협의가 있었습니다. 대한민국은 러시아의 대대적인 침공 초기부터 서방의 제재에 동참해 왔습니다. 지난 4월에는 우리나라 볼로디미르 젤렌스키(Volodimir Zelenskij) 대통령님이 대한민국 국회에서의 화상 연설을 통해 우리 나라 지원을 호소했습니다.

우리는 하나님을 믿고, 우크라이나 군대를 믿고, 문명 세계인의 지원을 믿고 있습니다! 또 우리는 이 저질스런 야만의 전쟁에서 승리를 얻을 것입니다!

Ni respektas subtenon de la tuta mondo, inkluzive subtenon de via lando - Korea Respubliko, kaj tre dankas pro tio. Lastatempe, parlamenta delegacio de via lando gvidata de la estro de la reganta partio "La Forto de la Popolo" sinjoro Lee Jun-seok vizitis la liberigitajn loĝlokojn de Kijiva regiono. La delegitoj vizitis la tombolejojn de ĝismorte torturitaj civiluloj en Buĉa kaj detruitajn loĝkvartalojn en Irpin. Direktoj de kunlaboro kaj komunaj projektoj en la kadro de la restarigo de Kijiva regiono post la rusa invado estis diskutitaj.

La Korea Respubliko subtenis okcidentajn sankciojn ekde la plenskala invado de Rusio. En aprilo nia prezidanto Volodimir Zelenskij apelaciis al la korea parlamento por subteno. Kaj la popolo de Koreio aŭdis nin.

Ni kredas je Dio, la Armitaj Fortoj de Ukrainio kaj subteno de la tuta civilizita mondo! Kaj ni kune venkos tiun fian beston!

Petro Palivoda,
Ukraina poeto kaj tradukisto
우크라이나 시인이자 번역가
페트로 팔리보다.

공격을 받아 건물이 화재에 휩싸이다(사진작가 니나 크루세스카(Nina Hrušecka) 제공)

삭막해져 버린 키이우 도시
(사진작가 니나 크루세스카(Nina Hruŝecka) 제공)

로켓 포탄 공격에 멈춰 서버린 시내버스(사진작가　니나 크루세스카(Nina Hruŝecka) 제공)

폴란드에서 온 편지 1

"싸움은 어른들에게 맡겨 둬…너는 우리 곁에서 쉬고 놀렴"3)
-유치부 교사 그라지나 슈브리친스카(Grażyna Szubryczyńska)

"싸움은 어른들에게 맡겨 둬… 너는 우리 곁에서 쉬고 놀렴"

부활절(2022.4.15)을 맞아 온 누리에 평화와 희망이 가득하길 기원합니다.(OKAZE DE PASKO MI DEZIRAS AL ĈIUJ SANON, PACON KAJ ESPERON / Z OKAZJI ŚWIĄT WIELKANOCNYCH ŻYCZĘ WSZYSTKIM ZDOWIA, POKOJU I NADZIEI)

필자.

2017년 서울에서 열린 세계에스페란토대회 때 장정렬이 번역한 『마르타』(산지니출판사, 2016년 발간) 작품을 들고 찍은 사진

필자의 페이스북(3월30일자)

Komuna lingvo necesas 공통어가 필요해요

저는 폴란드 중부 토룬(Torun)시의 제35 초등학교 내 유치원 부서에서 일하고 있습니다. 저는 대학원에서 교육학(초등교육)을 전공했습니다. 제가 사는 토룬 시는 지동설을 주장한 코페르니쿠스(1473-1543)가 태어난 곳입니다. 저는 이곳에서 이미 3년째 똑같은 나이의 아동들에게 에스페란토를 가르치고 있습니다. 즉, 그런 식으로 나는 그들에게 모든 나라와 문화에 대한 관용과 존경심을 이곳 아동에게 가르치고 있습니다. 2022년 2월 말, 우크라이나에 대한 공포의 전쟁소식이 들려오기 시작했고, 그 이후로 저는 6살 아동에게 전쟁 이야기를 들려줘야 했습니다. 우리 학급의 아동들도 정말 그 소식을 듣고 있지만, 학부모들은 자식들에게 이를 주제로 대화를 나누는 것을 주저했습니다.

우리는 우리 학급 출입문에 푸른색-노란색 하트(심장) 모양을 직접 걸어 두기를 결정했습니다. 저희 학급에서는 자주 폴란드와 우크라이나의 우의를 위해 그런 그림을 그립니다. (심장 모형은 폴란드와 우크라이나 두 나라 국기와 비슷하기 때문입니다.)

제가 근무하는 학교도 우크라이나를 도울 다양한 물품들을 모집한다는 안내문을 학생들을 통해 집으로 통지문을 보냈습니다. 이는 주로 우리 도시의 우크라이나 자매도시 우츠크(Łuck,루츠크)에 보낼 위문 물품이었습니다. 학부형들이 자신의 아이들과 함께 학교로 엄청 많은 물품을 가져왔습니다.

저희 반 아동은 거의 모든 그림에 우크라이나 국기를 붙였습니다.

어느 때, 제가 한 남자 아동에게 물었습니다: "만일 내가 지금 폴란드-우크라이나 축구 경기를 보고 있다면, 너는 어느 팀이 이기기를 바래?" 그 물음에 그는 쉽사리 답을 내놓지 않았습니다. 점심시간이 지나, 우리는 학교에서 평소처럼 책 읽기를 시작했습니다. 그런데 그날 우리 학급 아동들은 곧장 제게 불평을 쏟아 놓았습니다: "다른 반은 이미 우크라이나 학생들을 받았다고 하는데, 그럼 우리는 언제 그들을 받아요?" 한 시간 뒤, 학교 관계자가 와서, 우리 학급에 새로 책걸상을 몇 점 가져다 놓았습니다.

저희 아동들은 우리도 이제 누군가를 손님으로 받아들일 수 있겠구나 하는 희망의 반응을 보냈습니다. 자기 옆에 누굴 앉힐 것인지, 내 짝으로 오는 손님 학생에게 무슨 선물을 줄 것인지 서로 말하기도 했습니다. 곧 나는 이 사항은 의무적인 것은 아니지만, 만일 누군가 할 수 있으면... 이라고 써서 저희 학부형께 통지서를 보냈습니다.

다음 날 아침, 우크라이나에서 피난 온 2명의 남자 아동을 환영하는 수많은 과자, 책, 장난감, 필통 또 액세서리가 선물로 저희 학급에 보내왔습니다.

그 2명의 남자 아동은 형제인데, 같은 해에 태어났다고 합니다. 형은 1월에, 동생은 12월에. 우크라이나에 있을 때, 형은 초등학교에 들어가 배웠지만, 폴란드 학제가 조금 달라, 그 형은 다시 유치부에 속해야 했습니다. 그 형은, 우크라이나어와 러시아어를 조금 알고 있어, 온 유치부에서 통역사이자 도우미 역할을 해 주었습니다.

Mi laboras en infanĝardena parto de toruna

bazlernejo n-ro 35. Mi magistriĝis pri pedagogio, specialiĝis pri komenca edukado. Urbo Torun estas fama pro la naskiĝloko de astromo Kuperniko. Jam trian jaron mi uzas Esperanton kun ĉiam samaj infanoj. I.a. tiamaniere mi edukas ilin al toleremo, respekto al ĉiu nacio kaj kulturo.

Fine de februaro 2022 venis teruraj novaĵoj pri Ukrainio, post kiuj mi devis kun 6-jaraj infanoj interparoli pri milito. Miaj lernantoj ja aŭdis la informojn, sed gepatroj ne tuŝis kun ili la temon. Ni kune decidis ornami pordon de nia klaso per proprefaritaj blua-flavaj koroj. La lernantoj ofte desegnas pri amikeco inter Pollando kaj Ukrainio (la koroj similas al pola kaj ukraina flagoj) Tuj aperis ankaŭ anonco, ke nia lernejo kolektas diversajn aĵojn, ĉefe por nia ĝemelurbo Łuck. Infanoj kun gepatroj portis tro. Sur preskaŭ ĉiu desegnaĵo infanoj metadis flagon de Ukrainio. Iun fojon mi demandis unu knabon; "Mi vidas futbalmatĉon inter Pollando kaj Ukrainio, kiu venkos?"- li ne ektrovis respondon. Post iom da tempo mi venis al la laborejo dum tagmanĝo; poste ni kutimas legi librojn, sed tiu tage miaj lernantoj tuj komencis plendi: "Alia grupo jam havas propran ukrainidon, kiam havos ni?". Post horo zorgisto portis aldonajn seĝojn.

La infanoj reagis per espero, ke ni gastos iun kaj planis, kiu povos sidi ĉe kiu, kiu kion donacos. Baldaŭ mi skribis al iliaj gepatroj, ke mi ne ordonis tion, sed se iu deziros⋯

Sekvan matenon du ukrainaj knaboj ricevis bonvenigajn multegajn dolĉajojn, libretojn, ludilojn, krajonujojn kaj akcesoraĵojn.

La du fratoj naskiĝis saman jaron: unu januare, dua decembre. La pli aĝa en Ukrainio lernis en lernejo, sed pro alia eduksistemo en Pollando li devis reveni al infanĝardeno. Li rapide fariĝis por tuta infanĝardeno tradukanto kaj helpanto, malgraŭ ke parolis nur ukraine kaj ruse.

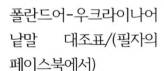

폴란드어-우크라이나어
낱말   대조표/(필자의
페이스북에서)

필자가 근무하는 토룬 제35초등학교 유치부 학생/(필자 제공)

토룬 제35초등학교 유치부 학생/(필자 제공)

저희 학급은 아주 당연하게 같은 나이의 아동도 추가로 받았

습니다. 우리는 그 아동들의 행동을 흥미롭게 관찰했습니다,
하지만... 처음에 우리가 그 우크라이나 아동들에게 너무 관
대하게 대해, 이것저것 하도록 허락해 주었답니다. 나중에야
저는 여러 번 설명해야 했습니다. 학급 내 행동 방식은 27명
아동 모두에게 똑같다는 것을 연신 설명해야 했습니다.

그 형제 중 동생은 곧 다른 아동과 마음을 터놓게 시작해,
더는 온종일 겨울에 쓰는 목도리(한국어로 '후드', 영어로
'hood')를 더는 쓰지 않으려고 했습니다. (그게 독일 나찌 때
학생 모습이 생각난다며, 그 아동은 그걸 두르는 것을 그만
하고는, 두려움도 달아나기도 멈추었습니다.) 그 형제 둘 다
빨리 놀이, 앉기, 춤추기에 있어 다른 아이들과 잘 소통했습
니다. 하지만, 저는 학급 수업 때나 놀이를 함께 할 때 러시
아어를 자주 사용해야 했습니다.

또 제가 너무 오래 폴란드말로만 말하고 있으면, 그 형제는
곧장 요청했습니다:"그럼 저희는 어떻게 해요?" 그 형제는
수업 활동에도 아주 활발했습니다. 같은 낱말을 러시아어-우
크라이나어-폴란드어로 써 놓고 비교해 가면서, 그 아이들은
재빠르게 자신의 낱말들을 풍부하게 했고, 더 많은 폴란드
문장을 사용하고, 아주 잘 이해하기도 했습니다.

오늘은 3명의 어린 피난 아동의 엄마들과 또 다른 학급의 아
동 엄마와 더 길게 대화를 했습니다. 저는 그들을 도와주려
고 많이 애쓴 것 같아도, 집에 돌아와서는 그 가족의 운명을
생각하며 울었습니다. 저 가족의 앞으로의 운명은 어찌 될런
지?(3월 30일자 필자의 페이스북에서)

러시아어를 사용할 줄 모르는 다른 학급의 우크라이나 학생
들의 생활은 더 다양한 모습을 보였습니다. 그 학급 담임 여

선생님들은 그런 피난민 아동이 우크라이나어를 조금 더 배우고 익히도록 애를 쓰고, 여러 번역 도구를 사용하였지만, 아동과의 친교나 이해 속도가 더디기만 했습니다.

3살과 4살의 아동들은 언제나 여선생님들과 함께 있지 않으면, 혼자 있는 편입니다. 5살 된 여자 아동 둘은 같은 나이 또래의 여아와 함께 놀기를 좋아합니다. 하지만 그 아이들은 직장 생활하는 부모들로부터 격리되어 있기 때문인지 자주 울거나 슬픔을 나타내기도 합니다. 하지만 그 반에서의 가장 큰 문제를 가진 이는 다니엘이라는 아이입니다. 그 아이 반의 선생님들은 제게 말하기를, 그 아이는 여기 배정받은 셋째 날도 같은 뭔가를 말하고 있다고 합니다. 내가 그 반의 그 아동에게 다가가니, 그 아이가 말하는 것이 들려왔습니다:"러시아가 우리를 침략했고, 우리가 사는 집을 파괴했고, 나는 엄마와 우리 아이들과 함께 피난해야 했어. 여러분이 저를 받아줘 고마워." 얼마나 그 귀여운 아동이 이곳 어깨동무에게 그 말을 고백하는데, 또 그가 하는 말을 이해해 줄 사람을 만나는데, 얼마나 많은 시간이 필요했는지요!

공통의 놀이 시간에 바깥에서 몇 명의 아이가 불평합니다, 언제나 그 학급 아동들은 자신들이 모래로 뭔가 모래성을 쌓아두면, 다니엘이 와서 그걸 뭉개 버린다고 불평했습니다. 내가 그런 사정을 설명해주자, 그 아이는 그런 행동을 즉각 중단했지만, 곧 그 아동은 막대기로 교내 나무들을 크게 때리면서, 자신이 하고 싶은 말을 토로하기 시작했습니다: "나는 러시아를 없애버릴 테다, 그들이 아무도 더는 상처를 주지 못하도록 말이야." 그래서, 나는 저 나무들도 네가 때리면 고통을 당한다고 설명하니, 그 아동은 제게 이런 요청을 했습니다: "저와 좀 놀아 주세요, 뭐든 하면서요. 제 곁에만 좀 있어 주세요." 다른 사례도 있습니다. 그 아동은 자신이 태어나 자란 곳에 체험한 여러 차례의 포탄 공습을 이야기해 보려고 나를 불러 세우기도 했습니다. 나는 그러면 제안을 하기도 합니다: "싸우는 일은 어른들에게 맡겨 둬요. 너는 지금 우리 곁에 안전하게 있단다. 놀이도 하고, 먹기도 좀 하렴." (그 다니엘이라는 학생은 나를 만나고 난 뒤에야 뭐든 먹기 시작했답니다); 그러자 저는 그로부터 더는 전쟁에 대해 듣지 않았고, 나를 보면 살짝 웃음을 되찾은 것 같습니다. 그 아이에게는 자신이 이해할 수 있는 한 가지 문장, 한 가지 언어이면 충분했습니다.

어느 날, 선생님 중 한 분이 병가를 내는 바람에 우리 두 반이 합반 수업을 하게 되었습니다. 저는 우리 유치부의 7명의 우크라이나 피난민 학생도 돌봐야 했습니다. 그들은 수많은 말을 했지만, 거의 우크라이나 말만 했습니다. 나는 언제나 반응을 보였습니다. "그거 정말? 그래서? 그런 행동은 하지 마! 그 장난감을 돌려 줘요..." 학급의 도우미 선생님들은 그 아이들이 그만큼 개방적이고, 말수가 많고, 유쾌하게 지내고 있음을 처음에는 믿지 않으려고 했습니다. 그 아동들은 내 대답도 때로는 필요하지 않고, 오로지 자신을 이해하는 사람에게만 대화하려고 합니다.
나는 그들을 안아주고, 그 아동에게 "안녕하세요, 재미있게 지내요"라는 등의 간단한 인삿말을 하기 위해서만 다른 학급

에도 자주 들어가 보려고 노력합니다. 그 아동이 등교하는
동안, 또 하교 때 집에 가려고 할 때, 그 아동 모두 제 학급
에 들러, 나를 한 번 보고는, 순간 곧장 웃음을 보이며, 내게
안기려고 달려오고, 뭔가를 황급히 말하려고 달려옵니다.

그 아동들의 어머니들이 내게 조직의 일로 도움을 주러 오기
도 하고, 그들 행동을 물으러 오기도 하지만, 그들이 폴란드
안에서 일자리를 성공적으로 찾았다는 것을 자랑하러 오기도
합니다.
만일 다양한 나라의 사람들이 -아동이든 학부형이든 공통의
언어인 에스페란토를 사용한다면, 그 피난민들의 삶은 얼마
나 좀 더 쉬울까 하는 생각을 하며 제 글을 마칩니다.(*)

Mia grupo tute nature akceptis la samaĝulojn, kun
intereso observis iliajn agojn, sed.. .permesadis al ili
tro. Mi devis multfoje klarigi, ke kondutkodo egalas
por ĉiuj 27 infanoj. La pli juna frato baldaŭ
malfermiĝis, ne plu uzis tutan tagon kapuĉon(Kapuĉo
koree signifas '후드', angle hood. La knabo ĉesas
porti ĝin, ĉar malgermiĝas, ĉesas timi kaj forkuri.),
ambaŭ rapide komencis ludi, sidi kaj danci ankaŭ
kun aliaj infanoj. Sed mi ofte uzis rusan lingvon dum
instruado kaj ludado. Kiam mi tro longe parolis nur
pole, la fratoj tuj postulis: "Kaj ni?". Ambaŭ tre
aktivas dum lecionoj. Komparante samajn vortojn
ruse-ukraine-pole ili rapide riĉigas propran vortaron,

uzas pli kaj pli multajn pollingvajn frazojn kaj komprenas multege.

„HODIAŬ MI PAROLIS PLI LONGE KUN PANJOJ DE MIAJ 3 ETAJ RIFUĜINTOJ + UNU NOVA DE ALIA GRUPO. MI EGE STREBAS   HELPI AL ILI, SED REVENANTE HEJME MI PLORAS PRI ILIA SORTO. KIA ESTOS ILIA ESTONTECO?"(El Marto 30)

Tute diverse aspektis asimilado de ukrainidoj en aliaj grupoj, en kiuj neniu uzas rusan lingvon. La instruistinoj strebis iom lerni ukrainan lingvon, uzas modernajn tradukilojn, sed infanoj sentas neniun proksimecon, komprenemon.

La 3- kaj 4-jaraj knaboj ĉiam estas aŭ kun la instristinoj, aŭ sole. Du 5-jarulinoj ludas kun samaĝulinoj (unu kun la alia ne), izoliĝas de maturaj laboristoj kaj ofte ploras aŭ estas tristegaj. Sed la plej severajn problemojn en sama grupo havas Daniel: Liaj instruistinoj rakontis, ke li trian tagon parolas ion saman. Kiam mi venis al li mi tuj ekaŭdis: "Rusoj nin invadis, detruis mian domon, mi devis forkuri kun panjo kaj niaj beboj. Dankon, ke vi akceptis nin". Kiom longe la etulo bezonis konfesi tion aŭ iu, kiu komprenas!

Dum komuna ludado ekstere kelkaj infanoj plendis, ke Daniel ĉiam detruas iliajn konstruaĵojn de sablo. Post mia klarigo li tuj ĉesis tion fari, sed baldaŭ komencis bategi per bastono arbojn dirante al si mem: „Mi strebos nuligi la rusojn, ili ne plu vundos iun ajn." Mi klarigis, ke la arboj suferas, kaj la knabo ekpetis: "Ludu kun mi, ion ajn. Nur estu ĉe mi". Alian fojon li vokis min por rakonti pri sekva bombado de lia naskiĝurbo. Mi proponis: "Restigu batalojn por maturaj personoj. Vi nun estas sekura ĉe ni, amuziĝu, manĝu" (Daniel manĝis ion ajn nur post kontakto kun mi); de tiam mi ne plu aŭdis de li pri la milito, li komencis rideti. Sufiĉis unusola frazo en komprenebla por li lingvo!

Iun tagon pro malsano de unu instruistino grupoj estis ligitaj kaj mi okupiĝis pri ĉiuj jam 7 ukrainaj lernantoj de nia infanĝardeno. Ili parolis multe, preskaŭ nur ukraine, ankaŭ al mi. Mi ĉiam reagis: "Ĉu vere? Jes? Ne faru tion! Redonu la ludilon...". Helpantino ne volis ekkredi, ke la infanoj povas esti tiom malfermitaj, parolemaj, gajaj". Ili eĉ ne bezonis ricevi mian respondon, nur paroli al iu, kiu komprenas.

Mi strebas ofte eniri aliajn grupojn por nur brakumi ilin, diri "Saluton, amuziĝu bone" aŭ ion similan. Dum alveno al nia edukejo kaj antaŭ reveno al hejmo ĉiu el ili eniras mian klason kaj tuj ridetas, kiam vidas min, kuras por brakumi, ion rakontas rapidege.

Iliaj patrinoj venas helpi al mi en organizaj aferoj, demandas pri konduto aŭ laŭdis, ke ili sukcesis ektrovi laboron.

Kiom pli facila estus vivo de la rifuĝintoj, se ĉiuj homoj en diversaj landoj: infanoj kaj adoleskuloj uzus lingvon Esperanto.

*Ukraina helpilo por fuĝintoj celata
우크라이나 피난민을 위한 도움 도구

지금까지 우크라이나 인구 중 10% 이상인 4백만 명 이상의 국민이 자신의 조국을 떠나 피난했습니다. 그 피난민들 대부분은 폴란드, 슬로바키아, 헝가리, 루마니아와 몰다비아로 왔습니다. 피난민들은 계속해 차량을 이용해 오스트리아, 독일, 프랑스, 이탈리아로 피난하고, 그 중 대부분은 우크라이나어 외에는 다른 국어를 사용할 줄 모릅니다.

호에르 의사 부부(D-ro Gert Hoyer 와 D-rino Uta Hoyer)의 저서 <Aerztlicher Dolmetscher>(2판)에 기초한 번역 도구가 3개국어(영어-에스페란토-스페인어)로 된 의사용 번역

도구를 처음 전자 문서(소프트웨어)가 준비되었다고 합니다. 우리는 이 소프트웨어를 우리의 독일 친구들에게 보내, 그들이 저자에게 사용 허락을 얻고, UMEA(세계의료인에스페란토회: 1908년 창립: http://umea.fontoj.net/historio/) 단체가 영어-에스페란토 기반의 우크라이나어도 포함해 이 소프트웨어를 개발할 권리와 허락을 얻을 준비를 해 두었습니다. 만일 이것이 준비되면, 우리는 이를 다른 나라 언어로도 준비해서 보급할 수 있을 겁니다. 예를 들어, 영어-에스페란토-폴란드어, 영어-에스페란토-슬로바키아어 등으로 말입니다. 이 24쪽의 번역도구를 준비해 보급함이 어떤 장점이 있을까요? 그것은 아마도 우크라이나 환자들을 -그들의 사용언어나 아니면 그들이 친한 언어로- 직접 대해 진료해야 하는 의사들에게 도움이 되지 않을까요?.(세계에스페란토협회 부회장 스테판 맥길(Stefan MacGill)(<stefan.macgill@gmail.com>)의 이메일에서.)

Ĝis nun jam pli ol 10 % de la ukrainia loĝantaro, pli ol 4 milionoj da homoj, rifuĝis el sia patrujo. La plimulto de la rifuĝintoj alvenis en Pollandon, Slovakion, Hungarion, Rumanion kaj Moldavion. Multaj rifuĝintoj veturis/veturas plu al Aŭstrio, Germanio, Francio kaj Italio, kaj multaj el inter ili parolas nur la ukrainan lingvon.

Pretiĝis la elektronika manuskripto/dosiero de la unua tri-lingva, angla-esperanta-hispana kuracista tradukhelpilo surbaze de la 2-a eldono de la valora libro de D-ro Gert Hoyer kaj D-rino Uta Hoyer, sub titolo Aerztlicher Dolmetscher. Ni sendis ĝin al niaj germanaj kolegoj, por ke ili prezentu ĝin al la aŭtoroj, kaj akiru ilian permeson, ke la komunumo de UMEA havu la rajton pretigi ankaŭ la anglan-esperantan ukrainian varianton. Poste ni planas pretigi kaj disvastigi ankaŭ aliajn, bezonatajn variantojn, ekzemple la anglan-esperantan-polan, anglan-esperantan-slovakan, kaj··· pliajn. Kiujn avantaĝojn havus la pretigo kaj disvastigo de tiuj ĉi 24-paĝaj kajeretoj/tradukhelpiloj? Tio helpus al kuracistoj komuniki rekte kun ukrainaj pacientoj, en la propra lingvo aŭ alia lingvo konataj al ili.(원천: Fwd: AMO 23 HEA festis Stefan MacGill <stefan.macgill@gmail.com> 22.04.19 15:12)

폴란드에서 온 편지 2

SITUACIO DE LA UKRAINAJ FAMILIOJ EN POLA
LERNEJO
폴란드 학교의 우크라이나 피난민 가족의 상황
  -그라지나 슈브리친스카(Grażyna Szubryczyńska)

필시 여러분은 부산일보 (2022년 4월 21일(목)) 기고문을 보셨을 겁니다. 그 때문에 저는 그 주제를 이어가고자 합니다.

제가 근무하는 제35 초등학교에서는 우크라이나 피난민 아동을 위한 특별 학급을 편성했습니다. 그래서, 교육청과 초등교육 교사들은, 여름이 지나, 우크라이나 피난민 아동과 폴란드 아동이 함께 수업할 수 있도록 준비하고 있습니다. 제가 사는 토룬(Torun) 시에서 이미 3년째 유학 와서 배우는 우크라이나 청년 여성이 있는데, 그녀가 그 학급을 위한 통역도 하고 도우미 역할도 합니다 -즉, 이는 그 아동들에게 용기를 북돋우기 위함입니다. 그 아동들은 폴란드어와 폴란드 문화를 배우게 됩니다. 그러나 다른 사례도 있습니다. 아직 그 피난민 중에 자신의 아동을 그런 학급에 등교하는 것을 결정하지 못한 그런 다른 아동은 그만큼 나은 상황을 접하지 못하고 있습니다: 이는, 즉, 아동은 재능이 있으나 폴란드어를 충분히 사용할 줄 모르면- 교육의 다음 단계(상급학년으로의 진급)로 갈 권한을 부여받지 못할 겁니다. 더구나 그 사람들은 피난민 아동이 자리할 추가 인원이 언제 생길지도 모릅니다. 유치원에서는 지금까지는 한 학급에 25명 정원에 추가 3명을 더 받을 수 있지만, 여름이 지나면, 아마 그 점이 큰 문제로 대두될 수도 있을 겁니다.

우크라이나 가족들은 이제 좀 더 길게 폴란드에 남을지, 아니면 폴란드에 영주할지 결정합니다. 지난번 기사에 다룬 그 다니엘 아동의 경우- 지난번 기사에서 자세히 전한 그 아동에게 생긴 문제를 소개했듯이 -그 아동의 가족은 우크라이나로 다시 귀향했습니다. 그와 작별 인사를 나눌 때, 그 아동은 제게 이런 말을 남겼습니다: „선생님, 저를 절대 잊으면 안됩니다! 제가 선생님을 저희집에 초대하고 싶다는 그 점을 꼭 기억해 주세요. 선생님은 제게 그 약속을 해 주실 거죠?" 제가 뭐라 답을 해야 할까요? 사실, 그 아동의 집은 그 전쟁으로 인해 부서져 버렸습니다. 그 아동의 엄마는 늙으신 할머니를 돌봐야 하기에 귀국을 결심했습니다.
그런데 오늘 다시 그에 대한 소식을 알았습니다. -그 가족 전부가 다시 제가 사는 토룬 시로 오고 있다는 사실을요. 그렇게 선택한 이유는- 그 가족이 귀향해 가 본 자신의 작은 도시는 그사이에 형편없이 변해버린 위생 환경과, 치솟은 식료품 비용, 고물가, 또한 그 아동이 여전히 겪는, 더 심각해진 심리 상태로 인해서요. 저는 토룬 시를 목표로 해서 오는 그들의 이번 피난 길은 나흘을 넘기지 않기를, 또 지난 2월보다는 날씨 또한 호의적이기만 바랍니다.

우리가 돌보고 있는 우크라이나 피난민 아동은 이제 더욱 더 충실하게 수업에 임하고, 처음 그 아동들이 왔을 때, 이곳의 어느 학부모가 우연하게 그 아동들과 접촉했을 때, 그렇게 자주 펄쩍 놀라던 것도 이제는 좀 수그러졌습니다. 하지만 늘 그 아동들은(그 아동들의 엄마들도 마찬가지로) 자신이 안전한 상태에 있음을, 토룬 시민들이 환대하고 있고, 이해심으로 그들을 대하고 있다는 평소와 같은 확신의 안심하는 마음이 필요합니다. 제가 지도하는 학급의 6살짜리 아동은 아직도 비행기 소리만 들어도 공포감으로 무서워합니다. 심지어제가 그 비행기가 우리에게서 아주 멀리 있다고 알려줘도 말입니다.

Espereble vi legis mian artikolon en la lasta TERanidO (20220430), ĉar nun mi deziras daŭrigi la temon.

Nia lernejo organizis specialan klason por lernantoj el Ukrainio; pedagogo kaj instruistoj de komenca edukado pretigas la infanojn por ili post somero lernu kune kun polaj lernantoj. Juna ukrainino, kiu jam trian jaron studas en Torun helpas tie kiel tradukantino kaj helpantino - tio donas al la junularo kuraĝon. Ili ankaŭ ekkonas polan lingvon, kulturon. Aliaj infanoj, kies gepatroj ne decidis ĉeesti la klason troviĝas en ne tiom bona situcio: lernantoj kapablaj, sed kun ne sufiĉe bona kono de pola lingvo ne rajtos iri al sekva nivelo de edukado. Krome oni ne scias, ĉu restos aldonaj lokoj por la lernantoj. En infanĝardeno ĝis nun rajtas esti 25 plus 3 lokoj, post somero ŝajne estos granda problemo pri tio.

Ukrainaj familioj komencas decidi, ĉu resti por pli longe aŭ eĉ por ĉiam en Pollando. La Daniel - kies problemojn mi priskribis pli detale en la mia antaŭa artikolo - revenis al Ukrainio. Dum adiaŭo li diris al mi: „Onklineto, neniam forgesu min! Memoru, ke mi invitis vin al mia hejmo. Ĉu vi promesas veni?" Kion mi respondu, ja ĝia domo estas detruita. Lia panjo decidis reveni por zorgi maljunan avinjon. Hodiaŭ mi eksciis, ke la tuta familio denove veturas al Torun pro aĉaj higienaj kondiĉoj en la ukraina urbeto, ege altaj prezoj de malfacile atingebla nutrado kaj ankoraŭ pli grandaj emociaj problemoj de Daniel. Mi esperas, ke ĉi-foje ilia vojaĝo ne daŭros kvar tagojn kaj vetero estos pli favora ol en februaro.

La niaj ukrainidoj estas pli kaj pli fidelaj, ne tiom ofte saltas, kiam iu plenkreskulo neatendite tuŝos ilin. Sed ili (same kiel iliaj panjoj) bezonas ĉiaman certigadon, ke ili estas sekuraj, akceptataj, komprenataj. Mia 6-jara lernanto daŭre panike timas aviadilon, eĉ se mi ne rimarkas ĝian aperon tre for de ni.

지금까지 저는 37년간 유아 아동들을 가르치며 직장생활을 해 왔지만, 난생처음 저는 그 귀염둥이 녀석들의 두 눈에 그

만큼 깊이 슬픈 표정이 있음을 자주 느낍니다. 비록 그들의 입술은 웃음을 내보인다 해도 말입니다. 그것은 정말 제 가슴을 아프게 합니다. 학교에 우리가 함께 지냄은, 어떤 의미에서는, 그들에겐 전쟁이 발발하기 이전의 평화로운 삶으로 되돌아감이 됩니다; 그래서 그 아동들이 우리와 함께 있을 때 -자신이 직접 겪은 잔인한 그 전쟁의 순간을 조금은 잊을 수 있습니다. 폴란드 아동에게서 3일 정도이면 회복되는 질병도, 우크라이나 아동이 앓으면 14일이나 지나 회복되기도 합니다. -아마도 몸의 긴장 의식은 그런 방식으로 풀어지나 봅니다.

제가 덧붙이고 싶은 것은 -젊은, 외로이 살아가는 엄마들은 방금 폴란드에서 일을 시작하지만, 그네들의 고용 조건은 대부분 썩 좋은 형편이 못됩니다. 그런 엄마들이 하는 일이란 폴란드인 거주지를 단순 청소하는 일이니. 그 청소 용역을 하는 동안에는 제 자식들과 함께 집에 머물 수 없음도 문제가 됩니다.

그 피난민 여성들은 자신에게 거주지를 무상 제공해 주는 폴란드 사람들에게 그렇게 오래 함께 사는 것을 민폐로 생각하고 있습니다. 하지만 그들은 자주 독립의 일거리를 구하기란 성공하지 못합니다.

폴란드 아동(학생)을 둔 부모들이 지금까지 우크라이나 아동들을 위한 식료품 비용, 외출 비용, 문화 행사 비용을 대신 지불해, 단체 생활을 충분히 누리게 돕습니다. 폴란드 여성들은 그 피난민 가족을 위해 의복도 가져다줍니다. 그사이 계절이 바뀌어, 정말 날씨가 변해 버렸고, 또 수많은 우크라이나 피난민 가족들은 달랑 여행용 가방만 들고 피난 왔기 때문입니다. 하지만 이런 상황이 얼마나 오래 더 지속될까요? 폴란드 물가도 깜짝 놀랄 정도로 올라, 지금까지 저축해 놓은 돈은 급속도로 줄어버렸습니다.

저는 우크라이나에서 온 피난민들에게 그들의 조국을 구하기 위해 우크라이나에 남은 그들의 아빠들에 대해서는 한번도 물어볼 수 없었습니다. (아마도 내 조국도 구하는 일이기도 하구요. 왜냐하면, 만일 그 아빠들이 그만큼 효과적으로 그 전쟁에서 러시아군대를 반격해 밀어내지 못했다면- 푸틴의 식탐은 다른 나라에도 미칠 정도로 커갈 지도 모르니까요.)

저희 도시로 피난 온 대부분의 우크라이나 가족은 폴란드 말을 이제는 제법 잘 하고 있습니다. 하지만 언제나 러시아어는 /크/게/ -그 우크라이나 피난민 아동들이 슬픔에 잠겨 있을 때 그 아동들을 진정시킬 목적으로만 주로 쓰이지만- 도움이 되기도 합니다. 저는 늘 이런 입장으로 -러시아어는 아무 죄가 없다고요.- 살아오고 있습니다.

Mi jam 37-an jaron laboras kun etaj infanoj, sed la unuan fojon mi ofte rimarkas tiom profunde tristajn okulojn de etuloj, eĉ se iliaj lipoj ridetas. Tio ege dolorigas min.

Nia komuna ĉeestado en la edukejo estas por ili iusence reveno al trankvila vivo de antaŭmilita tempo; kiam ili ludas kun ni - iom forgesas propran kruelan historion.

Malsanoj, kiuj ĉe polaj infanoj finiĝas post 3 tagoj ĉe la ukrainidoj daŭras 2 semajnoj- ŝajne streĉo liberiĝas tiamaniere. Mi aldonu, ke la junaj, solaj panjoj ĵus komencis labori en Pollando, kondiĉoj de dungado ofte ne estas tro konvenaj. Kelkaj simple purigas loĝejojn de poloj, do resti kun propra infano hejme fariĝas problemo.

La virinoj ne volas loĝi tiom longe ĉe poloj, kiuj senpage donacis al ili loĝejojn, sed ofte ne sukcesas ektrovi normalan laboron. Gepatroj de polaj lernantoj ĝis nun pagas nutradon, ekskursojn, kostojn de kulturaj aranĝoj por la ukrainidoj povu profunde ĝui vivon de la grupo. Ili portas vestaĵojn, ĉar ja vetero ŝanĝiĝas kaj la multaj ukrainaj familioj venis kun unusola valizo. Sed kiom longe tio daŭros? En Pollando kostoj de vivkondiĉoj terure kreskas kaj ŝparmono rapide malaperas.

Mi neniam demandas, kion travivis la familioj en Ukrainio, pri patroj, kiuj restis por savi ilian Patrujon (ŝajne ankaŭ la mian, ĉar se ili ne batalus tiom efike - apetito de Putin kreskus je aliaj landoj).

Tutaj ukrainaj familioj pli kaj pli bone parolas pole. Sed ĉiam rusa lingvo ege helpas, ĉefe por trankviligi ukrainidojn dum ilia tristeco. Mi ĉiam opiniis, ke rusa lingvo mem nenion kulpas.

한 가지 더 말하고 싶은 것이 있습니다: 제 반에 있는 한 명의 "우리" 우크라이나 아이는 선생님인 제게 이렇게 고백합니다. 자신의 아버지는 벨로로시 출신이고 나중에 그 아이는 슬프게도 몇 번인가 강조하기를, 아버지는 러시아 침공을 지지하지 않는, 평범한 좋은 아빠라는 것입니다.

우크라이나에는 -지난 날의 소비에트 연방(소련)이라는 시대와 비슷하게도, -여러 민족이 섞여, 러시아 민족-우크라이나 민족으로 구성된 가족들도 생겼습니다. 지금 그런 가정에서 자라는 아동들은 뭘 느낄까요? 누구에게 의지해야 하나요? 저는 제 스스로 이레나 센들러[4](Irena Sendler: 1910~2008:

---

4) *역주: *역주: 이레나 센들러(Irena Sendler, 본명: Irena Stanisława Sendler, 1910년 2월 15일 ~ 2008년 5월 12일)[1]는 독일이 점령한 바르샤바에서 제2차 세계 대전 중 폴란드 지하운동으로 복무한 폴란드의 사회 복지사이자 간호사이다. 제2차 세계대전 중 독일이 점령한 바르샤바에서 1930년대에 센들러는 자유 폴란드 대학교(Free Polish University)와 연계된 활동가들 중 한 명으로 활동했다. 1935년부터 1943년 10월까지 바르샤바시의 사회 복지 공중보건부에서 일했다. 센들러는 수십 명의 다른 사람들과 함께 바르샤바 게토 밖으로 유태인 어린이들을 밀반출한 다음, 폴란드 가족이나 고아원과 가톨릭 수녀원 등 보호 시설에 위조 신분 증명서와 은신처를 제공하여 어린이들을 대량학살에서 벗어날 수 있도록 했다. 전후에 센들러는 사회 활동을 계속했으나 정부일 또한 추구했다. 독일 점령군은 센들러가 폴란드 지하운동에 연루되었다고 의심했고, 1943년 10월 게슈타포가 센들러를 구속했으나 그는 구출된 유태인 아이들의 이름과 위치 목록을 숨겨서 이 정보가 게슈타포의 손에 넘어가는 것을 막았다. 그는 사형 선고를 받았지만 예정된 처형일에 겨우 탈출했다. 전후 공산주의 폴란드에서 Sendler는 사회 운동을 계속했다. 1965년 그녀는 이스라엘 국가에서 열방의 의인으로 인정받았다. 센들러가 받은 많은 훈장 중에는 1946년 유태인을 구한 공로로 수여된 Gold Cross of Merit 와 전쟁 중 인도주의적 노력에 대해 말년에 수여받은 폴란드

제 2차 세계 대전 동안 독일이 점령한 폴란드 바르샤바에서 엄청난 유대인 아동을 구했던 폴란드 여성)의 말씀을 기억하려고 애씁니다: „사람들을 그 자신의 인종이나 종교, 민족, 부유함으로 평가하지 말고, 그들의 인간성으로만 평가하라"고 한 말을요. 똑 같은 말을 에스페란토 창안자 자멘호프(L. L .Zamenhof: 1859-1917) 박사는 말하고 있습니다: „폴란드민족이 러시아 민족이나 우크라이나 민족이 아닌, 사람과 사람으로 만남이 이어지길 희망한다"고 한 말을요.(*)

Krome: Unu „nia" ukrainido konfesis al mi, ke ĝia patro estas beloruso, kaj poste ĝi malgaje kelkfoje substrekis, ke li ne apogas la rusan invadon, sed estas simple bona homo.

En Ukrainio- simile al tuta iama Sovetunio nacioj miksiĝis, kreiĝis familioj eĉ ruse-ukrainaj. Kion nun sentas la idoj? Kiun apogi? Mi mem ĉiam strebas memori vortojn de Irena Sendler (polino, kiu savis multegajn judajn infanojn dum la dua mondmilito): ne juĝu homojn pro ilia raso, religio, nacio, riĉeco, nur pro ilia homeco. Samon instruis nia Majstro: Renkontiĝu ne polo kun ruso aŭ ukrainano, sed homo kun homo.

최고의 영예인 **White Eagle** 훈장이 있다.(출처: https://ko.wikipedia.org/wiki/%EC%9D%B4%EB%A0%88%EB%82%98_%EC%84%BC%EB%93%A4%EB%9F%AC)

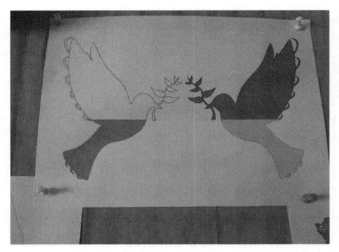

폴란드 국기와 우크라이나 국기의 색상을 이용해
평화를 염원하는 그림.

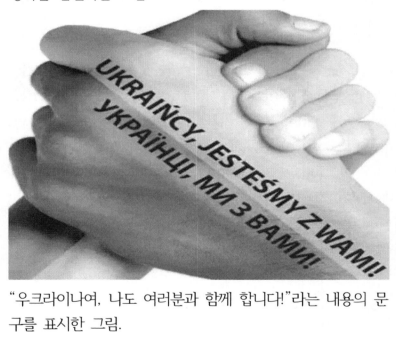

"우크라이나여, 나도 여러분과 함께 합니다!"라는 내용의 문
구를 표시한 그림.

에스페란토 창안자 자멘호프 박사 묘소를 방문하다.

프랑스에서 온 편지

Ukrainio : "Du militas, tria profitas"
우크라이나 : "둘이 싸우면, 제3자가 이익을 취한다."
　　　　　　　　　　　-작가 앙리 마송(Henri Masson)

필자 앙리 마송(Henri Massson)

러시아 블라디미르 푸틴 체제(정부)가 우크라이나를 침공한
전쟁은 다시 한번 우리에게 전쟁이란 현명(지혜)의 패배이요,
온 인류에 패배를 가져다준다는 사실을 다시 한번 보여주고
확인해 주고 있습니다. 이 전쟁의 소용돌이 속에서는 러시아
가 체홉, 레르몬코프5), 톨스토이, 투르게네프, 고골리6)... 가

---

5) *역주:(1814-1840)탁월한 사상가, 시인, 유명작가. 대표작 <우리 시대
　　의 영웅>
6) *역주: 우크라이나 출신의 러시아 소설가

살았던 나라라는 것은 인식할 수 없습니다.
러시아가 '죽음의 영혼'의 나라가 되었을까요?

이 전쟁은 1910년 프랑스 파리에서 발간된 에스페란토 창안
자 자멘호프 박사의 『에스페란토 속담집』책자의 한 속담 «
둘이 전쟁을 하면, 제3 자가 이익을 본다 »을 그림처럼 보여
주고 있습니다. 1921년 노벨문학상 수상자 아나톨 프랑스 (
Anatole France) 가 1922년에 쓴 글에서 말한 바를 다시
한번 입증시키고 있습니다 : "사람들은 조국을 위해 죽는다
고 믿는다; 그러나 사람들은 기업가를 위해 죽는다." 이 말은
여전히 효력을 가지고 있습니다. 러시아와 우크라이나의 사
례도 소수독재 정치가들과 이익에 골몰한 이들이 양측에서
기이한 영향력을 가지고 있습니다. 러시아는 중국과 함께
1990년 조지 부시 대통령(George H.W. Bush) 최초로 발언
한 신세계질서의 수립에 주된 장애 국가들입니다. 그런 질서
는 필시 강력한 미국 영향력, 최강국 아래 있음을 의미하는
것은 당연할 것입니다.

"Manifest destinity"
명백한 운명(팽창주의)[7]

---

7) *역주 : 명백한 운명(영어: Manifest Destiny, 팽창의 천명)이란, 제임
스 매디슨이 미국 대통령으로 재임 당시 민주공화당, 특히 매파(주전
파, Warhawks)에 의해 널리 퍼지게 되었다. 즉, 19세기 중반에서 후
반의 미국 팽창기에 유행한 이론으로, 미합중국은 북미 전역을 정치·
사회·경제적으로 지배하고 개발할 신의 명령을 받았다는 주장이다.
이 주장이 팽창주의와 영토 약탈을 합리화하였다.출처 :
https://ko.wikipedia.org/wiki/%EB%AA%85%EB%B0%B1%ED%95%9C_
%EC%9A%B4%EB%AA%85)

'명백한 운명'이라는 표현은 1845년 미국 월간지 «"United States Magazine and Democratic Review" » 1845년 7-8월호에 이 월간지의 뉴욕 주필인 존 설리반(John O'Sullivan)이 처음 쓴 용어로, 미국이 텍사스 병합을 할 때, 팽창주의 압력의 강력해짐을 나타낸 용어입니다. 그는 설득 목적으로 핑계를 찾기를, 미국은 신의 계시를 받아 문명 위임을 받았다고 했습니다.

1885년, 『명백한 사명』이라는 제목으로, 미국 철학가이자 역사학자인 John Fiske가 저서를 발간했는데, 저자는 하나님(신)이 미국에게 이 세상을 문명사회를 만들라는 미션을 받았다는 사상을 지지했습니다! 그는 앵글로색슨 족을 자연의 산택의 산물로 인종 우위성을 믿고, 미국인과 영국인은 이미 전 세계의 3분의 을 이미 정복했음을 강조하면서, 그 발전을 자본주의와 민주주의의 형태 아래 진보를 앞당겼다고 강조했습니다. 진보가 정말일까요?

잊지 말아야 할 것은, 영국과 미국이 중국에 맞서 부끄럽고도 가증의 아편 전쟁이 1839년부터 1842년까지 또 1856년부터 1860년까지 일어났고, 두 번째 전쟁에서는 프랑스가 참전했습니다. 이에 대해 빅토르 위고는 여름 궁에서의 약탈과 화재 때문에 활발하게 저항했습니다 : "빅토르 위고와 여름 궁에서의 약탈. 버틀러 대위에게 보내는 편지"에서 미국의 좌우명은 "우리는 신을 믿습니다" 이지만, 그것의 진짜 신(하나님)은 금권정치이다. 미국 대통령 대부분은 신에 맹세코(신을 믿는다) 라는 말을 자주 씁니다. 1898년 윌리엄 멕킨리 대통령, 2003년의 조지 부시 대통령은 제각각 필리핀과 이라크에서 전쟁을 신의 영감 때문이라고 정당화 시킵니다...

유럽 이주자들이, 더 정확히는 침략자들이 1776년에 독립한 미국은 한번도 침략을 당하거나, 지배당한 경험이 없습니다. 2015년까지 239년간의 존재 동안, 미국은 222년간 전쟁을 했다고 글로벌 리서치는 언급하고 있습니다.

스메들리 버틀러는 미 해군 보병의 가장 큰 공훈 훈장을 받은 장군은, 마침내 확정적으로 1933년부터의 미국의 팽창주의를 여러 차례 연설에서 비난했습니다. 그 뒤 1935년에 『전쟁이 로켓트이다』라는 책을 발간했습니다.

1961년 1월 17일 위임장 수여식 끝의 연설에서, 아이젠하워 대통령은 지금 분명한 위협에 대해 경고를 했습니다 : « 우리 정치 기관에서, 우리는 염려해야만 합니다. 군산 복합체는 정당화할 수 없는 영향을 획득하지 말아야 함에 염려해야 합니다. 위험한 손에 의한 권력이 파괴적으로 집중하게 되는 위협은 존재하고, 앞으로도 지속될 것입니다.» 힘이란 실제로 «위험한 손»에 집중되었습니다.

부패되고 독재 정권에 대한 미국의 지원이 그 사실입니다 : 한국의 이승만 정권, 이란의 마호테드 레자 팔레비 정권, 인도네시아 수하르토 정권, 쿠바의 풀겐시오 바티스타 정권, 우간다의 이디아민 다다 정권, 자이레의 모투투 정권(미국 정보국(CIA)에 의한 파트리체 루뭄바 살해 이후), 칠레의 아우구스토 피노체트.... ' 불평화를 퍼뜨리는 검은 존재들... '

'국수주의자들, 증오하는 적개심의 그런 대표자들, 그런 암흑의 귀신들, 불평화를 조장하는 검은 종자들'이라고 1907년 영국 런던의 옛 시청 건물인 위엄있는 길드홀 연설에서 말한 바 있습니다. 그 존재들이 여전히 지금도 양측에서, 우크라이나와 러시아에서, 다양한 비율을 가진 이 세상 어디에도 있습니다.

러시아에 대항하는 직접적인 전쟁을 피하려는 미국의 교활함은 러시아와 우크라이나 사이에 갈등의 조건들을 만드는 것으로 구성되어, 이는 나중에 우크라이나 정부를 지원하게 됩니다. 그 조건에 우호적 요소들이란 다음과 같습니다.

푸틴의 나찌주의자들에 대한 깊은 원한,

소련체제의 멍에 아래 고통을 입은 국가들이 러시아에 대항하는 깊은 원한과 복수심,

아주 적극적이고 영향력 있는 나찌 성향의 소수민족이 우크라이나 내에 존재함.

미국의 정치 경제 문화적 모델을 강요하기 위한 미국이 자주 취하는 정책은 원한의, 적대적인 마음의 활용입니다. 예를 들어, 베트남 전쟁 동안 소수민족, 또는 이라크와 이란 사이의 갈등 동안 수니파와 시아파 사이의 활용. 또 나중에는

1979년 폴란드 출신의 미국 국무 안보조정자인 브레진스키는 파키스탄-아프가니스칸 국경에서 러시아군대를 추출하기 위해 탈리반 정권의 미국 지원을 천명하게 됩니다. 그렇게 해서, 나중에 미군이 제각각 이 나라를 점령할 수 있었습니다. «브레진스키가 마야히덴에게 말하다 : « 당신의 경우는 옳고, 하나님은 당신편에 있습니다! »(..) 우리는 지금 아프가니스탄이 어떤 상황인지를 볼 수 있습니다.

종교적 함의

성서에 대한 종교적 참조와 신(하나님)의 이름의 부정직하고

범죄적 착취는 미국 정치에서는 간혹 있는 일이 아닌 뿐더러, 통신문에서 볼 수 있는 것은 푸틴이 한 손에는 양초를 들고, 다른 한 손으로 성호를 그리는 러시아 정교 의식을 볼 수 있습니다. 모스크바의 그리스정교는 푸틴의 요구에 굴복했습니다. 다른 측면에서는 러시아에서의 그 염원의 영향력을 자각하게 합니다. 2018년 우크라이나 그리스정교 교회는 러시아(모스크바)의 그리스정교와 결별(분리)되었고, 그렇게 해서, 모스크바 정교는 전쟁을 완전히 지지하게 되었습니다.

조지 소로스의 역할

아주 유능한, 에스페란티스토의 아들인 조지 소로스는 주식투자로 백만장자가 되고서도 우크라이나를 재정적으로 돕고 싶다는 염원을 표시했습니다. 그는 2015년부터 이미 우크라이나를 지지함이 «블라디미르 푸틴을 약화시키는» 일에 공헌하는 것이라고 주장해 왔습니다.(2015년 3월 30일자 «라트리분» 지). 푸틴은 분명히 그 말 속에서 대단한 위협을 냄새 맡았습니다. 소로스는 반러시아 감정에 재정지원을 하고, 그렇게 해서 갈등의 기후를 창설하는 데 이바지했습니다.
우크라이나 중립주의나 비동맹의 형태를 거부했다는 그 사실도, 또 우크라이나가 유럽연합(EU)와 나토(NATO)에 가입하는 것을 호의적으로 희망함에 따라 푸틴의 분노를 극대화시켰습니다. 미국으로서는 그 상황은 이미 성숙되었습니다. : » 엉클 샘이 우크라이나에서의 전쟁의 대단한 승리자».
그런 갈등 속에서 한편에는 천사들이 없고, 다른 편에는 악마들이 있게 되었습니다. 이 때문에 책임감이 양편에 존재하고, 마찬가지로 선전전과 거짓말이 횡행했습니다: 『정글북』의 영국 작가 루디아르드 키플링(Rudyard Kipling)은 바로 생각하기를, «이 전쟁의 첫 희생자는 진실이다»라고 생각하게 되었습니다.

미국 국무장관이자 미국 CIA의 전 군사 장교이자 국장인 마이크 폼페이오는 설명하며 보여주기를, 미국에서의 정의가 얼마나 경멸적인가를 보여주고 있습니다:

«내가 웨스포인트 사관생도 시절에, 사관생도의 목표는 무엇인가? 여러분은 거짓말하지 말라, 여러분은 속이지 말라, 여러분은 훔치지 말라, 또한 여러분은 다른 사람들이 그렇게 행동하는 것도 허락하지 말라였습니다. 나는 CIA 국장이었고, 우리는 거짓말을 했고, 속였고, 도둑질했습니다. 마치 우리가 온 훈련 코스를 그것을 하는 방법을 배우는 코스인 것처럼요.(비디오 : « CIA에 대한 마이크 폼페이오: 우리는 거짓말했고, 우리는 속였고, 우리는 훔쳤다 »)

전쟁에서 그러한 것이 사람들의 상황입니다.

그 다른 나라 사람들을 존경하고, 사랑하고, 서로 형제처럼 지내기 위한 이유들이 많이 가진 다른 나라 사람들을 증오할 개인적 이유는 없는 사람들의 상황이 그렇습니다.

만일 얼마나 많은 선은 이 전쟁의 온전한 비용으로 실현할 수 있을까를 상상해 보는 것은 누군가가. 기쁨의 눈물로, 갈등의 눈물이 아니라는 것을 상상할 수있을까요 ?

1915년 에스페란토 창안자 자멘호프 박사가 제1 차 세계 대전 동안 표현한 생각들과, 에스페란토 역사에서 가장 탁월한 인물 중 한 분인 스위스인 헥토르 호들러의 사상이 여전히 효과적임임을 보세요.

『바벨탑에 도전한 사나이』의 공저자
프랑스에서 앙리 마송.

Ukrainio : "Du militas, tria profitas"
La milito de la reĝimo de Vladimir Putin kontraŭ
Ukrainio ilustras kaj konfirmas plian fojon la fakton
ke milito estas malvenko de la saĝeco, malvenko por
la tuta homaro. Ne rekonebla estas en tio la lando de
Ĉeĥov, Lermontov, Tolstoj, Turgenjev, Gogol
(ukraindevena)···
Ĉu Rusio fariĝis lando de "Mortaj animoj" ?
Tiu milito estas ankaŭ ilustraĵo de la proverbo "Du
militas, tria profitas"el la "Proverbaro Esperanta" de
D-ro Zamenhof publikigita en Parizo en 1910.
Pravis ankaŭ la franca verkisto Anatole France,
Nobelpremiito pri literaturo 1921, kiam en 1922 li
skribis : "Oni kredas morti por la patrio; oni mortas
por industriistoj." Tio plue validas. En la kazo de
Rusio kaj Ukrainio, oligarkoj kaj profitaviduloj havas
fortan influon ambaŭflanke.
Rusio estas kun Ĉinio la ĉefaj obstakloj al starigo de
la Nova Monda Ordo pri kiu unuafoje esprimiĝis
George H.W. Bush en 1990. Tia ordo estus evidente
sub forta usona influo, eĉ superrego.

"Manifest destinity"

La esprimo "Manifest destinity" (evidenta destino) unuafoje aperis en numero de julio-aŭgusto 1845 de la monata revuo "United States Magazine and Democratic Review" sub la plumo de ties novjorka ĉefredaktoro John O'Sullivan, kiam plifortiĝis ekspansiisma premo por la aneksado de Teksaso. Li pravigocele pretendis, ke Usono ricevis de dia providenco civilizan mandaton.

En 1885, sub la titolo "Manifest destiny", la filozofo kaj historiisto pri Usono John Fiske aperigis libron en kiu li subtenis la ideon, ke Dio taskis Usonon je misio civilizi la mondon ! Li kredis je la rasa supereco anglosaksa kiel produkto de natura selektado, substrekante ke usonanoj kaj angloj jam konkeris trionon el la terglobo kaj antaŭenigis la progreson sub formo de kapitalismo kaj demokratio. Ĉu progreson ?

Ne forgesindas, ke la du hontindaj kaj abomenindaj opiaj militoj de Britio kaj Usono kontraŭ Ĉinio okazis de 1839 ĝis 1842 kaj de 1856 ĝis1860, la dua kun partopreno de Francio pri kiu vigle protestis Victor Hugo pro la prirabo kaj incendio de la Somerpalaco: "Viktoro Hugo kaj la prirabo de la Somera Palaco. Letero al kapitano Butler".

La devizo de Usono estas "In God We Trust"" (Je Dio

ni kredas) sed ĝia vera dio estas Mamono. Plejparto el la usonaj prezidentoj referencis je Dio. La prezidentoj William McKinley en 1898 kaj George Walker Bush en 2003 pravigis militojn respektive en Filipinoj kaj Irako pro dia inspiro···

Fondita en 1776 fare de eŭropaj enmigrintoj, pli ĝuste invadintoj, Usono neniam spertis invadon kaj okupacion. Dum 239-jara ekzistado ĝis 2015, ĝi militis dum 222 jaroj (GlobalResearch).

Smedley Butler, la plej ordenita generalo de la usona mararmea infanterio, firme kondamnis la usonan ekspansiismon ekde 1933 en paroladoj kaj en 1935 per libreto sub la titolo "War is a Racket".

La 17an januaro 1961, en parolado de fino de mandato, la prezidento Eisenhower avertis pri minaco, kiu estas nun evidenta : "En niaj politikaj organoj, ni devas zorgi, ke la milita-industria komplekso ne akiru, intence aŭ ne, nepravigeblan influon. La risko, ke katastrofe koncentriĝu potenco en danĝeraj manoj, ekzistas kaj plu daŭros." La potenco efektive koncentriĝis en "danĝeraj manoj".

La subteno de Usono al koruptitaj kaj al diktaturaj reĝimoj estas fakto : Syngman Rhee en Suda Koreio, la ŝaho Mohamed Reza Pahlavi en Irano, Suharto en Indonezio, Fulgencio Batista en Kubo, Idi Amine Dada en Ugando, Mobutu en Zairio (post murdo de Patrice

Lumumba fare de CIA), Augusto Pinochet en Ĉilio···
"nigraj semantoj de malpaco..."

La "ŝovinistoj, tiuj reprezentantoj de abomeninda malamo, tiuj mallumaj demonoj, nigraj semantoj de malpaco" pri kiuj parolis D-ro Zamenhof en 1907 en la prestiĝa Guildhall, la malnova urbodomo de Londono, ekzistas ankoraŭ nun ambaŭflanke, en Ukraino kaj Rusio, ĉie en la mondo kun variaj proporcioj.

La ruzo de Usono por eviti rektan militon kontraŭ Rusio konsistis krei la kondiĉojn de konflikto inter Rusio kaj Ukrainio por poste subteni la registaron de Ukrainio. Favoraj kondiĉoj ekzistis por tio :

1. profunda rankoro de Putin kontraŭ nazioj,
2. profunda rankoro kaj venĝemo kontraŭ Rusio en la landoj kiuj suferis sub la sovetia jugo,
3. ekzisto en Ukrainio de tre aktiva kaj influa naziema minoritato.

Ofta taktiko de Usono por trudi sian politikan, ekonomian kaj kulturan modelon konsistis ĝuste en ekspluadado de rankoroj, de antagonismoj, ekzemple de la hmonga etno dum la vjetnama milito, aŭ

inter sunaistoj kaj ŝijaistoj dum la konflikto inter Irako kaj Irano kaj poste.

En 1979, la poldevena usona ŝtata konsilanto por sekureco Zbigniew Brzezinski proklamis ĉe la pakistana-afgana landlimo usonan subtenon al la talibanoj por forpeli la rusan armeon, tiel ke poste la usona armeo povis siavice okupacii la landon : "Zbigniew Brzezinski to the Mujahideen: "Your cause is right and God is on your side!" (Z.B al la Muĝahidinoj: "Via afero estas ĝusta kaj Dio estas ĉe via flanko!"). Ni vidas nun en kia situacion estas nun Afganio.

Religia implikiĝo

Religiaj referencoj pri la Biblio kaj malhonesta, krima ekspluatado de la nomo Dio ne maloftas en la usona politiko, sed videbla en reporterajô estis Putin faranta krucosignon per mano kun kandelo en la alia mano dum ortodoksa ceremonio. La moskva ortodoksa eklezio subtemiĝis al la volo de Putin, kiu aliflanke konscias pri ĝia influo en Rusio. En 2018 okazis disiĝo inter la ukrainia ortodoksa eklezio disde la rusa, moskva, tiel ke la moskva plene subtenas la militon.

La rolo de George Soros

Kvankam filo de tre eminenta esperantisto, George Soros, kiu fariĝis miliardulo per spekulado, esprimis volon finance helpi Ukrainion. Li opiniis jam de 2015 ke subteno al Ukrainio kontribuos "al malfortigo de Vladimir Putin." ("La Tribune", 30an de marto 2015). Putin evidente flaris en tio grandan minacon. Soros financis kontraŭrusian senton kaj tiel kontribuis al la kreo de konflikta klimato.

Ankaŭ la fakto ke Ukrainio rifuzis neŭtralecon aŭ formon de nealianciteco, kaj esprimiĝis favore al aliĝo al Eŭropa Unio kaj ĉefe al NATO kontribuis al furiozigo de Putin. Por Usono, la situacio tiam maturiĝis : "Oncle Sam, grand gagnant de la guerre en Ukraine" (Onklo Sam, granda gajnanto de la milito en Ukrainio).

En tiu konflikto, ne estas anĝeloj unuflanke kaj demonoj ĉe la alia. Respondeco ekzistas ambaŭflanke, same pri propagando kaj mensogoj : la brita verkisto Rudyard Kipling ĝuste pensis ke "La unua viktimo de la milito estas la vero."

Ŝtatsekretario de Usono kaj eksa armea oficiro kaj direktoro de CIA, Mike Pompeo klare montris kun ridaĉo kiom malestimata estas honesteco en Usono :

"Kiam mi estis kadeto ĉe West Point, kio estis la moto de la kadeto? Vi ne mensogos, vi ne trompos, vi ne ŝtelos, kaj vi ne toleros ke aliaj faru ĝin. Mi estis direktoro de la CIA kaj ni mensogis, trompis, ŝtelis. Estis kvazaŭ ni havus tutajn trejnajn kursojn por lerni kiel fari tion" (Video : "Mike Pompeo About CIA : We lied, We cheated, We stole"

Tia estas, en milito, la situacio de homoj, kiuj ne havas personajn kialojn por malami alilandajn homojn, kiuj eĉ eble havas kialojn por estimi kaj eĉ ami ilin, por interfratiĝi.

Ĉu iu kapablas imagi, kiom da bono estus efektivigebla per la entuta kosto de tiu milito, kun larmoj de ĝojo kaj ne de aflikto ?

Validas ankoraŭ nun pensoj esprimitaj dum la unua mondmilito, en 1915, de D-ro Zamenhof kaj de la sviso Hector Hodler, unu el la plej eminentaj figuroj el la historio de Esperanto.

Henri Massson, Francio

"Ni havas la devon ne forgesi... Flanke de niaj simpatioj, ni havas devojn, kiujn al ni trudas nia esperantisteco... devo kredi, ke neniu popolo havas la monopolon de la civilizeco, de la kulturo aŭ de la humaneco... Devo kredi, ke neniu popolo entute havas la monopolon de la barbareco, perfideco aŭ stulteco... Devo konservi prudenton eĉ meze de la premigaj influoj de la popolamasoj... La parolo estas nun al la kanono, sed ne eterne daŭros ĝia blekado. Kiam centmiloj da homoj kuŝos en la bataltomboj kaj la ruinoj ĉe la venkintoj kaj venkitoj atestos pri la teknikaj pli ol pri la moralaj progresoj de nia civilizeco, tiam oni alvenos al iu solvo, kaj tiam, malgraŭ ĉio, la internaciaj rilatoj denove ligiĝos, ĉar super la nacioj estas tamen io... Se sur la nunaj ruinoj ni volas konstrui novan domon, oni bezonos tiujn laboristojn, kiujn ne timigos la malfacilaĵoj de la rekonstruo. Ni esperantistoj, estu la embrio de tiuj elitoj. Por inde plenumi nian taskon, ni konservu nian idealon kaj ne lasu nin subpremi de la malespero aŭ de la bedaŭro."

Hector Hodler : "Super", eltiraĵo el "Esperanto" de la 5a de januaro 1915.

Kunaŭtoro de "La homo kiu defiis Babelon"

"우리는 잊지 말아야 하는 의무감이 있습니다. 우리의 동정 사이에, 우리는 우리 에스페란토계가 짊어질 의무가 있습니다.... 어떤 국민도 문명이나 문화, 또는 인간성을 독점할 수 없다는 믿는 의무감....어떤 국민도 전적으로 야만이나 속임이나 멍청함을 지닐 수 없다는 믿는 의무감... 국민 대중의 영향의 와중에서도 설득력을 지키는 의무감... 이 연설은 지금 대포를 향하지만, 그 대포의 사격은 영원히는 지속되지 않습니다. 수십 만의 사람들이 전쟁으로 쓰러져, 무덤에 누울 것이고, 전쟁에서 승리한 측이나 패배한 측이 폐허로 변함은 우리 문명의 도덕적 발전을 알리기보다는 기술의 발전만 알려 줄 것입니다. 그때 사람들은 뭔가 해결책에 도달할 것이고, 그리고 그때, 모든 어려움에도 불구하고, 국제 관계는 다시 연결될 것입니다. 왜냐하면, 민족들 위에는 뭔가가 있기 때문입니다....만일 오늘날의 폐허 위에서 우리가 새로운 집을 지으려면, 재건의 어려움을 두려워하지 않는 그런 노동자들을 필요로 할 것입니다. 우리 에스페란토 사용자들은 그런 엘리트들의 싹이 되어야 합니다. 우리의 임무를 정당성있게 다하려면, 우리의 이상을 널리 알리고, 우리를 절망이나 애석함의 억눌리지 않도록 해야 합니다.

　　-헥토르 호들러(Hector Hodler)[8], 1915년 1월 5일 <에스페란토(Espranto)> 지에서 뽑음.

”존경하는 외교관 여러분! 인류를 가장 야만적인 동물보다 더 낮은 위치로 서게 만든 이 공포의, 모든 것을 앗아간 전쟁이 끝난 뒤, 유럽은 외교관 여러분으로부터 평화를 고대하고 있습니다. 유럽은 일시적인 상호 평화를 고대하는 것이 아니라, 문명화된 인류에 꼭 맞는, 유일하고도 영원히 유지되는 평화를 고대합니다. 하지만, 기억하고 기억하고 또 기억해야 할 것은 그러한 평화에 도달하는 유일한 방법은 -단번에 전쟁의 주요 원인인, 가장 고전적인 문명 이전의 시대의 야만적 잔재물인, 한 민족이 다른 민족을 지배하겠다는 생각을 단번에 제거해 버리는 것입니다.“

---

8) 헥토르 호들러는 세계에스페란토협회 창설자.

"Sinjoroj diplomatoj ! Post la terura eksterma milito, kiu starigis la homaron pli malalten ol la plej sovaĝaj bestoj, Eŭropo atendas de vi pacon. Ĝi atendas ne kelktempan interpaciĝon, sed pacon konstantan, kiu sola konvenas al civilizita homa raso. Sed memoru, memoru, memoru, ke la sola rimedo por atingi tian pacon, estas : forigi unu fojon por ĉiam la ĉefan kaŭzon de la militoj, la barbaran restaĵon el la plej antikva antaŭcivilizita tempo, la regadon de unuj gentoj super aliaj gentoj."

D-ro Zamenhof (1859-1917)

"Post la Granda Milito — Alvoko al la diplomatoj". 1915 (eltiraĵo)

-자멘호프 박사(1859~1917), "제1차 세계대전 뒤- 외교관에게 보내는 호소문"(1915년) 중에서.

기고자 프로필

앙리 마송(Henri MASSON (필명 Henriko Masono) (1943년 2월5일생 ~, 79세) Moutiers-les-Mauxfaits(문체-레-모파: 서부 프랑스)에서 출생함. 1970년 4월 19일에 에스페란토를 학습학 시작함. 1962년 알제리에서 3년 군복무 후 '프랑스 국철'에 근무하였다가. 콘테이너 화물 운송회사에서 일한 뒤, 은퇴하고 에스페란토 운동에 열성적임.

2008년 1월까지 SAT-Amikaro사무총장 역임, SAT 지도위원 및 기관지 <La Parizano> 편집장 역임, departementa asocio Esperanto-Vendée 단체 회장 및 기관지 <La Parizano> 편집장 역임, 에스페란토 정보 분야에 아주 적극적인 활동가, 특히 프랑스어로도. 1995년 『바벨탑에 도전한 사나이』 불어로 발간, 나중에 에스페란토어(2001), 한국어(2005년), 이탈리아어, 리투아니어어, 체코어로 출간됨.(출처: https://eo.wikipedia.org/wiki/Henri_Masson)

영어로 옮긴이

페트로 팔리보다(Petro Palivoda: 1959~)

영어번역작품에 대한 코멘트(Komentoj al la anglaj tradukaĵoj)

우크라이나 작가 크리스티나 코즈로브스카(Ĥristina Kozlovska의 산문 작품들은 여러 언어로 번역되었습니다. 에스페란토, 독일어, 터키어, 네덜란드어, 슬로바키아어로 번역되었고 우크라이나, 중국, 캐나다, 미국, 터키, 폴란드, 크로아티아와 대한민국에서 출간되었습니다. 저는 에스페란토, 독일어, 영어로 이 작가의 작품을 번역하면서 정말 즐거웠습니다.

이번에 제가 영어로 번역한 작품들이 『마술사(Magiisto)』라는 제목으로 대한민국에서 한국어와 에스페란토로 번역 출간된다니 더욱 반가울 뿐입니다. 이 작품들의 한국어 번역자 장정렬 님과 진달래출판사 오태영 대표님께 고마움을 전합니다.

Prozaj verkoj de la ukraina verkistino Ĥristina Kozlovska estas tradukitaj al multaj lingvoj:

Esperanto, germana, turka, nederlanda kaj slovaka, kaj publikigitaj en Ukrainio, Ĉinio, Kanado, Usono, Turkio, Pollando, Kroatio, Koreio, kaj Ĉehio. Mi estas feliĉa, ke mi tradukis ŝiajn rakontojn kaj fabelojn al Esperanto, la germana kaj la angla lingvoj. Estas ankaŭ agrable, ke miaj anglaj tradukaĵoj estos aperigitaj en la libro de elektita prozo de Ĥristina "Magiisto", kaj mi dankas pro tio sinjoron JANG Jeong Ryeol kaj la eldonejon Zindale.

Petro Palivoda,
ukraina poeto kaj tradukisto

우크라이나 시인이자 역자 페트로 팔리보다 씨는 에스페란토 시인이기도 합니다. 영어, 독일어, 에스페란토 번역가이기도 합니다. 중등학교에서 영어 교사로 봉직해 은퇴하였습니다. 키이우(키예프)에 살고 있습니다. 그의 작품은 우크라이나, 러시아, 독일어로 발표되고, 에스페란토 원작도 있습니다.

그의 번역 작품은 우크라이나, 러시아, 리투아니아, 체코, 슬로바키아, 스위스, 루마니아, 미국, 오스트레일리아, 중국, 코스타리카, 폴란드, 캐나다, 터키, 크로아티아, 한국, 헝가리의 잡지, 정기간행물, 문학 잡지, 안톨로지 등에 발표되었습니다.

그는 1976년 에스페란토에 입문했습니다.
그는 우크라이나의 여러 시인의 작품을 에스페란토로 옮겼으며, 여러 나라의 에스페란토 시 작품을 우크라이나어로 옮겼습니다. 스페인어, 독일어 시인들의 작품도 우크라이나어로 옮겼습니다. 우크라이나 시인들의 작품이나 민속 노래를 우크라이나어에서 에스페란토로 번역했습니다.

율리오 바기, 바실리이 에로센코를 비롯한 수많은 에스페란토 작가의 작품을 우크라이나어로 번역했습니다. 세계 여러 나라의 작가들 -Julián Marchena(스페인어에서 우크라이나어로), Martin Kirchhof(독일어에서 우크라이나어로), Tetjana Ĉernecka(러시아어에서 우크라이나어로), Kalle Kniivilä의 작품(에스페란토에서 우크라이나어로/러시아어로), Ulrich Becker, Guido Hernandez Marin (에스페란토에서 우크라이나어로) Anton Meiser, Manfred Welzel (독일어에서 우크라이나어로), Ĥristina Kozlovska (우크라이나어에서 에스페란토로/독일어로)- 의 작품을 번역했습니다.

2006년 러시아에서 열린 국제 에스페란토 문학(Liro-82)의 시 부문에서 3위 입상.

2006년 불가리아에서 열린 국제에스페란토문학의 시 부문에서 1위 입상.

2006년 키에프에서 열린 우크라이나어 문학 콩쿠르에서 3위 입상.

2015년 "원작시"와 "번역시" 부문 우승,

2019년 에스페란토 국제 시부문 콩쿠르에서 우승.

2006년 현대 가요제에서 작사가상 수상,

2015년 우크라이나 전국 문학-음악 콩쿠르에서 원작시와 번역시 부문에서 입상.

2019년 이탈리아 국제 시 콩쿠르에서 입상함

2004-2012년 그는 국제 문학 콩쿠르 "Liro"의 심사 위원 역임.

우리말 옮긴이의 글

지난 3월 코즈로브스카 작가의 단편 작품집 『반려 고양이 플로로(Kato Floro)』를 번역 출간하고 난 뒤, 저는 부산일보로부터 우크라이나 전쟁 기고문을 현지 우크라이나로부터 받을 수 있는지 요청을 해 왔습니다.

부산일보는 에스페란토 관련 기사를 국내에서는 비교적 많이 취급해온 언론사입니다. 그 기회로 이렇게 모은 귀중한 기고문들이 -우크라이나 시인 페트로 팔리보다, 폴란드 초등학교 유치부 교사 그라지나, 프랑스 작가 앙리 마송 씨가 보내 주신 글- 여기 이 코즈로브스카 작가의 작품집에 특별기고 형식의 <제2부>를 만들게 되었습니다.

저를 비롯한 평화 애호가 독자 여러분은 러시아 침공으로 빚어진 우크라이나 전쟁이 어서 평화의 국면으로 전환되기를 진심으로 바라고 있을 겁니다.

그런 일이 진행되던 중, 5월 어느날 부산일보 이현정기자님이 제게 에스페란토가 평화의 언어라고 하는데, 어떻게 해서 그렇게 되었는지를 물어 왔습니다. 그래서 5월 11일(수) 자 부산일보 인터뷰 기사 <언어와 정신 공유... 우크라이나 편지 제안 수락한 이유죠>가 나오게 되었습니다.

그 인터뷰 관련 몇 가지 질문이 있었기에 여기에 소개합니다. 그래서 저는 '에스페란토를 왜 평화의 언어라고 하나?'라는 질문에 이렇게 답했습니다.

"국제어 사상을 이야기할 때, 나라들의 언어가 달라, 이것이 이웃 나라와 소통의 어려움, 오해와 몰이해를 가져오기에 철학자 라이프니츠(1646~ 1716) 이후에 공통어 사상이 나옵니다. 특히 프랑스 혁명(1787~1799) 이후 자유 평등 박애의 사상이 유럽에 퍼지고, 19세기 들어서 여러 국제어 시안이 나오는데, 음표를 통한 의사소통, 숫자를 비롯한 기호를 이용한 의사소통이 시도되다가, 19세기 중반에는 볼라퓌크(volapük), 에스페란토(Eperanto) 등의 알파벳 문자를 통한 국제어 시안이 나옵니다. 그러한 국제어 중 하나인 에스페란토는 폴란드 태생의 안과 의사 자멘호프(L.L. Zamenhof:1859 ~1917)가 폴란드 바르샤바에서 『에스페란토 박사가 제안하는 국제어』를 발간해 서점가에 배포하면서, 독자들을 찾게 되고, 그 애독자들이 그 <국제어>를 배우게 되고, 단체 활동이 생겨나고, 국가 단체(협회)가 만들어지고, 세계에스페란토협회가 창설됩니다. 에스페란토로 이웃 나라와 소통하며 국제 평화를 추구하니, 에스페란토를 배운 이는 국제인이라 할 수 있는데, 이 언어는 지구인의 평화를 위함이라는 목표를 지니고 있습니다. 그렇게 지구인 중 한 사람의 아이디어가 국제적으로 인정받고, 이를 배우고 익히는 과정을 거치면서, 문학과 어학이 발전하게 됩니다.

에스페란토 창안될 당시 폴란드는 러시아의 지배하에서 자신의 국어를 사용하지 못하고, 지배국 언어를 공용어로 사용하도록 강제된 상황에서, 새 언어를 제안함은 혁신적 발상이라 할 수 있습니다."

또 흥미로운 질문이 있었습니다. -한국에스페란토협회 부산지부 회보 '테라니도(TERanidO)'에 대해 좀 더 소개해 달라고 했습니다. 이 질문에 저는 지난날 제가 에스페란토 학습을 한 순간부터 오늘날 에스페란토 번역 일을 하는 순간까지가 한 편의 파노라마처럼 제 눈앞에 펼쳐졌습니다. 저는 그 질문에 이렇게 답했습니다:

"부산에는 1980년대 초 에스페란토를 배운 청년들이 중심이 되어 한국에스페란토협회 부산지부를 결성하게 됩니다. 당시 대학생, 교사들이 중심이 되어 다양한 에스페란토 잡지들이 발간되었습니다. 1981년 우리 지부에서는 <TERanO>, <TERanidO>라는 정기간행물을 만들었습니다. <TERanidO>는 4페이지로 시작해, 나중에는 8페이지로 발간했습니다. 처음에는 격주간의 회보를 만들기 시작하여, 월간으로 바뀌었습니다. 당시는 수백 부를 발간해 전국으로 배포하기도 했고, 1989년 9월에 『TERanidO 제100호 기념호』를 책자로 만들었습니다. 그러다가 1993년경 132회로 중단되고, 이를 2007년 12월 제133호로 다시 발간을 시작하여, 매월 1회 발간해, 지난 연말에 <300호>를 발간했습니다. 편집진은 6명으로 구성해, 매월 말일 발간하는데, 요즘은 약 20페이지 내외로 인터넷판으로 발간하고 있습니다. 배포하는 곳은 카톡 회원들이나, 이메일 리스트를 통해 약 1,000곳에 배포하고 있습니다. 무가지입니다. 회원님들의 글을 실을 때도 있고, 국제 행사를 알리는 등, 국제적으로 부산을 알리는 역할을 해 오고 있습니다. 제가 편집 대표로 되어 있어, 다음 세대의 편집인 양성을 위해 애를 써야 하는 시점이 되었습니다. 그러다가 몇 번의 특종(?)도 있었습니다. 한국 사람은 가기 어려운 북한 소식을 다른 나라 에스페란티스토의 글을 통해 전해 듣고,

이를 저희 <테라니도> 독자에게 알린 경우가 있고, 최근에는 부산일보 백현충 기자님의 제안으로 <러시아 침공을 받아 전쟁의 소용돌이에 빠진 우크라이나 전쟁> 소식도 생생하게 자세히 들을 수 있었습니다. 부산일보에 난 <우크라이나 편지> 기사를 페이스북을 통해 본 폴란드 유치원 선생님이 <폴란드에 피난 온 우크라이나 난민 이야기>도 생생히 들을 수 있었습니다."

또 다른 질문이 있었습니다: "이번에 우크라이나와 폴란드에서 부산일보로 편지를 보내왔는데, 보내온 과정에 대해 좀 더 소개해 달라. 이분들이 원래 한국에 관심이 많으셨던 건가요?"

앞서도 말씀드렸지만, 우크라이나 시인 페트로 팔리보다(Petro Palivoda)씨는 여러 해에 걸쳐 제가 그분의 번역 작품을 <테라니도>에 번역 소개한 적이 있고, 지난 3월 그분의 작품 『반려 고양이 플로로(Kato Floro)』가 서울 진달래출판사에서 발간되었습니다. 그러다가 부산일보 백현충 기자님께 그 책을 비롯해 그간의 제 번역작업을 소개하러 들렀는데, 백현충 기자님은 2007년 <지구촌 이메일 인터뷰> 시리즈를 기획, 연재한 바 있는데, 당시 에스페란토 관련 인물 여러분이 소개되었습니다. 그때 저는 백현충 기자의 문의 사항을 에스페란토로 번역한 인연이 있습니다. 올해에도 백 기자님은 부산일보에 러시아의 침공으로 전란에 빠진 우크라이나 상황을 부산일보 독자들에게 한 번 알리는 것이 어떤가 하는 제안을 했습니다. 그래서 우크라이나 시인 페트로 팔리보다 씨에게 연락했더니, 흔쾌히 그 기사를 보내오고, 신문에 쓸 사진 작품도 함께 보내왔습니다.

그런데, 그 부산일보에 난 <우크라이나에서 온 편지>를 페이스북을 통해 읽은 폴란드 토룬(Torun) 시 초등학교의 유치부 교사 그라지나 슈브리친스카(Grażyna Szubryczyńska)님이 기대치 않았는데도, 자신의 체험담을 보내줘서 정말 즐겁게 번역했습니다. 그분과는 2017년 7월 서울에서 열린 제102차 세계에스페란토대회 때 만난 인연이 이어진 것입니다. 당시 저는 폴란드 작품 -여성의 일생을 다룬 장편 소설 『마르타(Marta)』(엘리자 오제슈코바 지음, 자멘호프 에스페란토 번역, 장정렬 번역, 2016년) -을 국어로 번역해 부산 산지니출판사에서 출간한 적이 있어, 그 폴란드 에스페란토 사용자를 만나자마자, 제가 번역한 한국어번역본 『마르타(Marta)』를 들고 그분과 사진을 찍은 것이 인연의 처음이었습니다. 그런 인연은 부산일보에까지 연결되었습니다.

그런데, 이 소식을 들은 『바벨탑에 도전한 사나이(Homo, kiu defiis Babelturon)』(2005년, 한국에스페란토협회 공역, 한국외국어대학교 출판, 2005년)의 공저자인 프랑스 지식인 앙리 마송(Henri Masson) 씨께도 이와 유사한 제안을 제가 해두었습니다.

그렇게 부산일보에 일련의 기사들이 나간 뒤, 5월 중순에는 부산 영어 방송국에서 저를 인터뷰하겠다고 연락이 왔습니다.

 저는 책가방을 둘러매고, 부산지부 지부장 조대환(Maro)님과 함께 방송국 스튜디오에 들어서게 되었습니다. 떨리는 순간이지요. 몇 년 전 3월 초였을 겁니다.

세계여성의 날을 앞두고, 부산대학교 방송국에서 제가 번역하고 산지니 출판사가 발간한 『마르타(Marta)』를 소개한 인터뷰가 생각이 나더군요.

<조대환 부산지부장과 필자>

지난 5월의 부산영어방송국 인터뷰는 5월 19일 목요일 오전 11시에 시작해 30분간 진행되었습니다. 홈페이지 (https://www.befm.or.kr/program/template.php?midx=89&pg=worldwide&cn=scent&mode=view&page=4&intnum=32424)를 통해서나, 유튜브 (https://youtu.be/HLmGIBtLsS0)를 통해 들을 수 있습니다.
  그 방송국 인터뷰 중 질문 하나를 소개하고 싶습니다.
"부산에 날아든 두 통의 편지는, 에스페란토어가 평화의 언어, 평등의 언어라는 수식어에 걸맞게 활용된 좋은 예가 아닐까 싶어요. 편지를 번역할 때 어떤 기분이 드셨나요?"

제 답변은 이러했습니다:

"러시아 침공으로 어려움을 겪고 있는 우크라이나에 대해서, 우리 시민도 국제 사회 일원으로 어서 전쟁의 시기가 끝나고, 평화의 시대가 오기를 바라면서 어려움을 당하고 있는 우크라이나에 연대감과 박애 정신을 보일 필요가 있지 않을까 생각했습니다. 전란에 휩싸인 우크라이나 아이들은 자신이 자유롭게 다니던 학교에도 가지 못하고, 시민들은 러시아군대가 쏘아대는 포탄이나 탱크에 대피할 곳도 찾지 못해 어쩔 줄 몰라 하고, 희생자가 생기고, 자신의 거주지를 떠나 다른 나라로 피난해야 하는 상황은 지난 세기에 우리나라가 겪은 6.25 전쟁을 떠올리게 되더군요. 평화가 얼마나 소중한지를 우크라이나 시인과 폴란드 교사의 기고문을 통해 다시 한번 느꼈습니다. 또 그렇게 자신의 위치에서 조국의 어려운 상황을 차분하게 국제 사회에 알리려는 그 시인의 애국심에도 감동이었습니다."

이제 이 전쟁에 휩싸인 우크라이나 친구들을 생각하며 이 글을 이어갑니다.

2022년 2월 27일입니다. 지난 2월 24일 오전 5시 러시아가 우크라이나를 침공했다는 뉴스를 듣고서, 과연 역사의 수레바퀴가 다시 옛 소련 시대로의 회귀를 위한 시동인가 하는 의문을 갖게 합니다.
19세기부터 러시아로부터 독립을 염원해온 우크라이나, 1991년 12월 구소련으로부터 독립한 독립국 우크라이나.
우크라이나 국민의 안녕과 건강을 기원합니다.

애독자 여러분이 들고 있는 이 책의 <제1부>는 우크라이나의 30대 젊은 작가 크리스티나 코즈로브스카(Hristina Kozlovska)의 작품 모음입니다. 우크라이나 시인이자 번역가이자 영어 교사인 페트로 팔리보다 씨가 틈틈이 영어로 번역해 둔 작품들을 한국어로 소개하고 싶었습니다.

우리 작가 크리스티나 코즈로브스카는 동화나 소설을 통해 사회에 대한 깊은 이해와 사랑을 보여주고 있습니다. 지난 3월에 발간된 『반려고양이 플로로(Kato Floro)』는 에스페란토로 번역된 작품을 중심으로 소개했습니다.

작품 중 <반려 고양이 플로로>, <반려견 브리오슈>와 <은행원> 이야기는 어느 세대의 독자들이 읽어도 감명받을 만한 특별한 관점의 작품이었다고 생각합니다. 혹시 <반려 고양이 플로로>를 아직도 읽지 못한 분이 있다면, 진달래출판사의 이 작품집에도 관심을 한 번 가져보면 어떨까요?

이번 영어번역 작품들 -<옛 새로운 행복>, <세상의 중심>, <마술사 이야기>, <새의 행복>, <백 가지 소원과 조랑말과 금붕어>, <두더지>와 <도마뱀과 그 꼬리>는 우리 인간 사회의 어둠과 밝음, 현명함과 어리석음을 알려주고, 비판하고 있습니다. 번역하는 내내 작가의 사회를 보는 따뜻하고 사려 깊은 시각을 다시 확인하며, 즐겁게 때로는 안타깝게 읽어나갔습니다.

이 작품들을 진달래출판사에 보냈더니, 오태영 대표님이 이 작가의 작품 중 에스페란토 번역이 빠진 작품들-<옛 새로운 행복>, <세상의 중심>, <마술사 이야기>, <새의 행복>, <백 가지 소원과 조랑말과 금붕어>-을 귀한 시간을 내어, 에스페란토로 번역해 주셨습니다. 그래서, 한 작가를 중심으로 다양한 분야에 종사하는 문학 애호가들이 애를 쓰고 수고한 이 작품을 출간하면서, 우크라이나어로 발표된 작품을 **영어 번역, 에스페란토 번역**으로 함께 읽게 된다는 것은 좀 더 특별한 기획이 아닌가 하는 생각이 듭니다. 이 작품을 대하는 독자 여러분은 어떤 의견인가요?

이 작품과 관련하여 우크라이나 번역가 페트로 팔리보다(Petro Palivoda)씨와 교류는 2017년으로 거슬러 올라갑니다.
한국에스페란토협회 부산지부 회보 <TERanidO>의 편집자인 저는 그해 10월 우크라이나 역자에게서 크리스티나 작품 2편(<검댕이 일꾼>과 <두더지>)을 이메일로 받았습니다.
그때 그는 이렇게 자신을 소개했습니다.

"Karaj amikoj!
Mia nomo estas Petro Palivoda, mi estas ukraina kaj esperanta poeto kaj tradukanto. Antaŭ nelonge mi elukrainigis kelkajn rakontojn de nuntempa ukraina verkistino, laŭreato de kelkaj literatiraj konkursoj Ĥristina Kozlovska. Mi sendas al vi miajn tradukojn kai estus feliĉa se vi povus aperigi ilin en via belega revuo TERanidO."

그 뒤 반려 고양이 <꽃>을 보내 왔고, <예티오>를 보내주었습니다.
2020년 1월에는 <꽃>과 <도마뱀> 등의 삽화도 보내 주었습니다. 1월 25일에는 여러 작품의 영어 번역을 동시에 보내주기도 했습니다. 또한 <꽃>의 삽화(우크라이나 화가 Natalia Pendjur 작품)와, 또 다른 삽화(우크라이나 화가 Oleh Loburak 작품)를 보내주었습니다. 그때 <은행원>과 <도마뱀> 2편도 보내주었습니다. 그때에는 이와 같은 메시지도 함께 보내주었습니다.

"Kara Ombro! ...Mi havas kelkajn ilustraĵojn al la rakontoj de Ĥristina Kozlovska. Por la rakonto "Floro" ilustraĵon faris ukraina pentristino Natalia Pendjur, kaj por la aliaj - ukraina pentristo Oleh Loburak. Eble iuj el ili povus esti uzitaj en la libro. Krome mi havas ankoraŭ kelkajn aliajn rakontojn de sinjorino Ĥristina en Esperanto kaj en la angla lingvo kiujn mi tradukis. ..."

"Kara Ombro, mi sendas al vi pliajn rakontojn de Ĥristina, kiujn mi esperantigis. La Bankoficisto estis aperigita en Beletra Almanako. Mi kunsendas ilustraĵon al Lacerto kaj foton de la aŭtorino. Eble vi povus uzi ĝin en la libro."

같은 해 12월에는 <브리오슈>를 보내왔습니다.

"Dankon, kara Ombro! Ni esperu! Antaŭ nelonge mi tradukis ankoraŭ unu rakonton de Ĥristina Kozlovska. Mi sendas ĝin al vi. Eble ĝi povus esti interesa por vi."

그렇게 크리스티나 코즈로브스카의 작품이 모아지고, 한국어 번역본이 준비되었습니다. '코로나19'가 닥쳐 어려움을 겪는 중, 이 번역본 발간을 준비하는 시점에, 우크라이나는 러시아의 침공으로 전쟁에 휘말려 있습니다.

올해 2월 27일 우크라이나 번역가 페트로씨는 안타까운 편지를 보내왔습니다.

"Saluton, kara Ombro! Estas milito en Ukrainio. Fia kaj aĉa Rusio atakis nin, sed ni esperas al nia venko, estas malfacile Dankon pro viaj tradukaĵoj de Lesja Ukrainka, mi transsendis ilin al la profesorino. Mi sendas al vi tri fotojn kiujn mi povis trovi. Eble poste mi skribos ion kion vi petis, sed mi ne scias ĝuste, ĉu mi povos..."라며, 러시아가 우크라이나를 침공했다고 하면서, 전시 중이라 이메일 쓰기도 때로 힘들다는 것은 알려 주고 있습니다.

우크라이나와 관련해, 다른 작품도 받았는데, 저는 20세기 초, 100여년 전의 우크라이나 문학가 레샤 우크라인카(Lesja Ukrajnka(Лариса Петрівна Косач-Квітка), 1871~ 1913)의 시 2편을 여기에 소개합니다. 당시 우크라이나는 러시아로부터 독립을 염원했음을 볼 수 있습니다. 레샤 우크라인카 작가는 조국의 독립을 염원했던 우크라이나 시인이자 극작가였습니다.

지난 100여 년 전에도 우크라이나 독립을 위해 외쳐온 한 문학가의 절규에서도 볼 수 있듯이, 우크라이나에 평화가 하루속히 다시 자리하기를 기원해 봅니다.

Вишеньки

Поблискують
черешеньки
В листі зелененькім,
Черешеньки ваблять
очі
Діточкам маленьким.
Дівчаточко й
хлоп'яточко
Під деревцем скачуть,
Простягають рученята
Та мало не плачуть:
Раді б вишню з'їсти,
Та високо лізти,
Ой раді б зірвати,
Та годі дістати!
«Ой
вишеньки-черешеньки,
Червонії, спілі,
Чого ж бо ви так
високо
Виросли на гіллі!»
«Ой того ми так
високо
Виросли на гіллі, –
Якби зросли
низесенько,
Чи то ж би доспіли?»

버찌

초록 화관에 둘러싸인
버찌들이 붉게 반짝이네.
저 아름다운 열매들이
아이들 눈길을 유혹하네.

소년 소녀들은
손을 길게 뻗어,
제 자리서 펄쩍 한 번
뛰어보고는, 달려가 버리네.

안타깝게 울먹이듯이
불평하네:
기쁨은 버찌 따는 것인데,
어찌 딴다?
기쁨은 입에 넣는 것인데,
어찌 손 닿지?

«어이, 버찌 열매야
붉게 익었구나,
너희는 첨탑처럼
어찌 그리 높이 달렸니!»

«우리가 첨탑처럼
높이 달린 것은,
우리가 낮게 있으면
익지 않아도 너희가 따니!»

(1891)

Україно! плачу слізьми над тобою...

Недоле моя! що
поможе ся туга?
Що вдію для тебе
сією тяжкою
журбою?
Гей-гей, невелика
послуга!
Ох, сльози палкі –
вони душу палили,
Сліди полишили
огнисті навіки.
Ті жалі гіркії –
вони мені серце
зв'ялили!
Даремні для нього
всі ліки.
Чи ж мало нас
плаче такими
сльозами?
Чи можем ми, діти,
веселими бути,
Як ненька в недолі,
в нужді побивається
нами?
Де ж тута веселого
слова здобути?
Говорять, що матері
сльози гарячі
І тверде, міцнеє
каміння проймають;
Невже найщиріші
криваві́ї сльози
дитячі
Ніякої сили не
мають?

우크라이나여! 너를 생각하면 울음뿐

나의 이 슬픈 생각은, –
네 고통과 아픔에 도움이
될까?
안타깝게도 너무 작구나!
눈물만 나오네. 너는 영혼에
깊은 화상을,
불의 자취를 영원히 남겼구나.
이 뜨거운 불평도 상처 입은
네 마음에,
아무런 치료가 못 되네.
이 눈물마저도 이 땅에
줄어드는가?
어린이들이여, 어머니가 슬픔
속에 비참하게 걷던 이 길을
우리는 웃으며 걸을 수
있을까?
도대체 기쁨이라는 말은
우리가 어디서 찾을 수
있을까?
어머니 눈물은 돌도,
금강석도 뚫을 수 있다던데;
우크라이나 어린이들이여,
너희들의 피어린 눈물은,
정말 아무 힘이 못 되는가?

한국어 역자나 이 책의 출간인의 의도는 세계평화를 기원하는 에스페란토 정신에 입각해 있습니다.

번역가 페트로 팔리보다 씨는 앞서도 설명했지만, 우크라이나 중등학교에서 영어 교사로 오랫동안 봉직해 왔습니다. 한편으로 에스페란토 사용자이기도 합니다. 작가이자 시인인 영어 번역자의 문학 애호심을 다시 한번 살펴볼 기회가 될 것입니다.

나아가, 작가의 문학적 관점이 한국 독자들의 관심과 맞는지도 한 번 살펴봐 주실 것을 권합니다.

이 책의 발간을 위해 애를 쓰신 진달래 출판사 관계자 여러분께 깊은 감사를 드립니다.

번역을 늘 응원하는 가족에게도 고마움의 인사를 드립니다.

혹시 저자나 번역자에게 이 작품집을 애독하시고, 감상문을 이메일(suflora@hanmail.net)로 보내 주시면 제가 감사히 읽겠습니다. 저자에게도 그 독자 의견을 보내드리고자 합니다.

우크라이나에 평화가 하루속히 다시 찾아오기를 기원하면서, 옮긴이 글을 마칩니다.

2022. 07.

우크라이나에 평화가 다시 깃들기를 기원하며,

역자 올림

옮긴이 소개

장정렬 (Jang Jeong-Ryeol(Ombro))

1961년 창원에서 태어나 부산대학교 공과대학 기계공학과를 졸업하고, 1988년 한국외국어대학교 경영대학원 통상학과를 졸업했다. 현재 국제어 에스페란토 전문번역가와 강사로 활동하며, 한국에스페란토협회 교육 이사를 역임하고, 에스페란토어 작가협회 회원으로 초대된 바 있다. 1980년 에스페란토를 학습하기 시작했으며, 에스페란토 잡지 La Espero el Koreujo, TERanO, TERanidO 편집위원, 한국에스페란토청년회 회장을 역임했다. 거제대학교 초빙교수, 동부산대학교 외래교수로 일했다. 현재 한국에스페란토협회 부산지부 회보 'TERanidO'의 편집장이다. 세계에스페란토협회 아동문학 '올해의 책' 선정 위원이기도 하다.

역자의 번역 작품 목록

－한국어로 번역한 도서

『초급에스페란토』(티보르 세켈리 등 공저, 한국에스페란토청년회, 도서출판 지평),

『가을 속의 봄』(율리오 바기 지음, 갈무리출판사),

『봄 속의 가을』(바진 지음, 갈무리출판사),

『산촌』(예췬젠 지음, 갈무리출판사),

『초록의 마음』(율리오 바기 지음, 갈무리출판사),

『정글의 아들 쿠메와와』(티보르 세켈리 지음, 실천문학사)

『세계민족시집』(티보르 세켈리 등 공저, 실천문학사),

『꼬마 구두장이 흘라피치』(이봐나 브를리치 마주라니치 지

음, 산지니출판사)

『마르타』(엘리자 오제슈코바 지음, 산지니출판사)

『사랑이 흐르는 곳, 그곳이 나의 조국』(정사섭 지음, 문민)(공역)

『바벨탑에 도전한 사나이』(르네 쌍타씨, 앙리 마쏭 공저, 한국외국어대학교 출판부)(공역)

『에로센코 전집(1-3)』(부산에스페란토문화원 발간)

-에스페란토로 번역한 도서

『비밀의 화원』(고은주 지음, 한국에스페란토협회 기관지)

『벌판 위의 빈집』(신경숙 지음, 한국에스페란토협회)

『님의 침묵』(한용운 지음, 한국에스페란토협회 기관지)

『하늘과 바람과 별과 시』(윤동주 지음, 도서출판 삼아)

『언니의 폐경』(김훈 지음, 한국에스페란토협회)

『미래를 여는 역사』(한중일 공동 역사교과서, 한중일 에스페란토협회 공동발간)(공역)

-인터넷 자료의 한국어 번역

www.lernu.net의 한국어 번역

www.cursodeesperanto.com.br의 한국어 번역

Pasporto al la Tuta Mondo(학습교재 CD 번역)

https://youtu.be/rOfbbEax5cA (25편의 세계에스페란토고전 단편소설 소개 강연:2021.09.29. 한국에스페란토협회 초청 특강)

<진달래 출판사 간행 역자 번역 목록>

『파드마, 갠지스 강가의 어린 무용수』(Tibor Sekelj 지음,

장정렬 옮김, 진달래 출판사, 2021)

『테무친 대초원의 아들』(Tibor Sekelj 지음, 장정렬 옮김, 진달래 출판사, 2021)

<세계에스페란토협회 선정 '올해의 아동도서' > 『욤보르와 미키의 모험』(Julian Modest 지음, 장정렬 옮김, 진달래 출판사, 2021년)

아동 도서 『대통령의 방문』(예지 자비에이스키 지음, 장정렬 옮김, 진달래 출판사, 2021년)

『국제어 에스페란토』(D-ro Esperanto 지음, 이영구. 장정렬 공역, 진달래 출판사, 2021년)

『헝가리 동화 황금 화살』(ELEK BENEDEK 지음, 장정렬 옮김, 진달래 출판사, 2021년)

알기쉽도록 『육조단경』(혜능 지음, 왕숭방 에스페란토 옮김, 장정렬 에스페란토에서 옮김, 진달래 출판사, 2021년)

『크로아티아 전쟁체험기』(Spomenka Štimec 지음, 장정렬 옮김, 진달래 출판사, 2021년)

『상징주의 화가 호들러의 삶을 뒤쫓아』(Spomenka Štimec 지음, 장정렬 옮김, 진달래 출판사, 2021년)

『사랑과 죽음의 마지막 다리에 선 유럽 배우 틸라』(Spomenka Štimec 지음, 장정렬 옮김, 진달래 출판사, 2021년)

『침실에서 들려주는 이야기』(Antoaneta Klobučar 지음, Davor Klobučar 에스페란토 역, 장정렬 옮김, 진달래 출판사, 2021년)

『희생자』(Julio Baghy 지음, 장정렬 옮김, 진달래 출판사, 2021년)

『피어린 땅에서』(Julio Baghy 지음, 장정렬 옮김, 진달래 출판사, 2021년)

『공포의 삼 남매』(Antoaneta Klobučar 지음, Davor Klobučar 에스페란토 역, 장정렬 옮김, 진달래 출판사, 2021년)

『우리 할머니의 동화』(Hasan Jakub Hasan 지음, 장정렬 옮김, 진달래 출판사, 2021년)

『얌부르그에는 총성이 울리지 않는다』 (Mikaelo Bronŝtejn 지음, 장정렬 옮김, 진달래 출판사, 2022년)

『청년운동의 전설』 (Mikaelo Bronŝtejn 지음, 장정렬 옮김, 진달래 출판사, 2022년)

『반려 고양이 플로로』 (Ĥristina Kozlovska 지음, Petro Palivoda 에스페란토역, 장정렬 옮김, 진달래 출판사, 2022년)

『푸른 가슴에 희망을』 (Julio Baghy 지음, 장정렬 옮김, 진달래 출판사, 2022년)

『민영화 도시 고블린스크』 (Mikaelo Bronŝtejn 지음, 장정렬 옮김, 진달래 출판사, 2022년)

『메타 스텔라에서 테라를 찾아 항해하다』 (Istvan Nemere 지음, 장정렬 옮김, 진달래 출판사, 2022년)

『세계인과 함께 읽는 님의 침묵』 (한용운 지음, 장정렬 옮김, 진달래 출판사, 2022년)

『살모사들의 둥지』 (Istvan Nemere 지음, 장정렬 옮김, 진달래 출판사, 2022년)